火山と竹の女神

記紀・万葉・おもろ

福寛美

七月社

火山と竹の女神

記紀・万葉・おもろ

＊目次

火山と竹の女神……7

海人考……79

おもろ世界の鷲……143

［凡例］

・『古事記』は記、『日本書紀』は紀と表記する。

・『日本書紀』の一書《あるふみ》（異伝）の引用に際しては、その番号を「一書〇（漢数字）」のように併記する。

・『万葉集』の用例と大意は、伊藤博『萬葉集釋注』（一～一〇、集英社文庫、二〇〇五年）による。

・『おもろさうし』の引用は、外間守善校注『おもろさうし』（上・下、岩波文庫、二〇〇〇年）による。「／」は岩波文庫版の改行箇所を示す。巻数は、『おもろさうし』原本では「第一～」となっているが、「巻一～」と表記した。逐語訳は筆者による。

・引用文中に、今日の人権意識に照らして不適切と思われる語句の使用があるが、時代背景を考慮しそのままとした。

火山と竹の女神

噴火

大地は断続的に激しく揺れ動き、列島各地の火山が活発に活動して噴煙で昼なお暗く、見慣れた地形は変化し、硫黄臭がたちこめたかと思うと温泉が湧き出す。彼方の海底では大地を支えるプレートの一見気紛れな動きにより地震が起き、津波が押し寄せ、物と人が集まる港周辺に営まれた拠点機能の津の集落を容赦なく流し去る。空からは隕石《いんせき》が降る。これは平安時代初期の日本列島の風景である。

日本列島の大地が猛々しい相貌を見せていた時代を背景に日本神話は形成され、九世紀、『竹取物語』が成立した。保立道久は八六四年の富士山の大噴火、同年の阿蘇山の噴火、八六七年の豊後の鶴見山の噴火、八七一年の出羽の鳥海山の噴火などをあげる（保立、二〇一〇、七五〜七六）。

保立は、噴火を人々がどのように認識していたかについて、八三八年の伊豆諸島の神津島の海底噴火を例にあげて説明する。この噴火の爆裂音は京都まで響き、降灰は関東から近畿地方に及んだ。人々が幻視した風景は、「十二人の天の火をもった童子たちが天降り、海に火を放ち、地に潜り込み、大石を震い上げ、その結果、巨大な「伏鉢」のような「龍《つか》」を中心に、石室・閣室の石組みができあがり、それらは堊《しろつち》や白石、金色の礫砂などによって塗り固められたというもので

富士山

あった」ことを、保立は『続日本後紀』によって述べる。

保立はこのような火山活動が日本神話の原風景である、と述べる。そして天から降臨したホノニニギが降り立ったのは現在も噴煙を上げる日向高千穂峰であり、ホノニニギが火山神としての性格を持っていたことを指摘する。

奥津春雄は富士山を歌った『万葉集』の五首の歌のうち、高橋虫麻呂歌集の歌と伝える三一九の中に「［前略］富士《ふじ》の高嶺《たかね》は　天雲《あまくも》も　い行《ゆ》きはばかり　飛ぶ鳥《とり》も　飛《と》びも上《のぼ》らず　燃《も》ゆる火《ひ》を　雪《ゆき》もち消《け》ち降《ふ》る雪《ゆき》を　火《ひ》もち消《け》ちつつ　言《い》ひも得《え》ず　名付《なづ》けも知《し》らずくすしくも　います神《かみ》かも　せの海《うみ》と　名付《なづ》けてあるも　その山《やま》の　堤《つつ》める海《うみ》ぞ　富士川《ふじかは》と　人《ひと》の渡《わた》るもその山《やま》の　水《みず》のたぎちぞ［後略］」（富士の高嶺は、空の雲も行き滞り、飛ぶ鳥も高くは飛び上がれず、燃える火を雪で消し、降る雪を火で消し続けて、言いようもなく名付けようも知らぬほどに、霊妙にましまする神である。せの海と名付けている湖《うみ》も、その山が塞《せ》きとめた湖だ。富士川といって人の渡る川も、その山からほとばしり落ちた水だ）とあることを指摘する（奥津、二〇〇〇、一八九）。

この歌では富士山の火山としての霊威が讃美されている。そして富士山の北麓にあった広大な湖である「せの海」を富士山が塞き止めた湖とし、富士川を山から迸り出た水流とする。伊藤博はこの歌が高橋虫麻呂自身の作とみられる、と述べる。また伊藤は虫麻呂には東国の伝説に関する歌がよくあるが、これは養老年間（七一七〜七二四年）、藤原宇合《ふじわらのうまかい》が常陸守であった時に付き従ったからであるらしい、と述べる（伊藤、二〇〇五（二）、一四六）。この歌が養老年間に虫麻呂によって詠まれた、と断言することはできない。ただ八世紀前半頃に、規模は確認できないものの富士山が噴火し、その様子が万葉歌に残っている、ということはできる。

八世紀に虫麻呂が目にしたかもしれない「せの海」はやがて貞観《じょうがん》の大噴火（八六四〜八六六年）の大量の溶岩の流出により形を変え、現在は精進湖、西湖、青木が原樹海がその名残となっている。なお記録に残る最古の富士山の噴火は『続日本紀』の天応元年（七八一）七月六日の降灰の記録である（保立、二〇一〇、二〇一一）。

日本神話では具体的に火山の噴火の様子が描写されることはない。ただ、倉野憲司は岩波文庫本『古事記』の脚注で、スサノヲがイザナキの命に従わず、長いあごひげが伸びるまで母のイザナミを恋い慕って泣きいさち続け、青山を枯山のように泣き枯らし、「河海はことごとに泣き乾《ほ》しき」になったことについての寺田寅彦の言をあげる。「噴火のために草木が枯死し、河海が降灰のために埋められることを連想させると説かれている」というのである（倉野、一九六二、三一～三二）。

スサノヲの泣きいさちによって地上世界は「悪しき神のこゑは、さ蠅《ばへ》なす皆満ち、萬《よろづ》の物のわざはひ悉《ことごと》におこりき」という状況になる。この「さばへなす」状況、すなわち蠅が群がって飛ぶ状況を古川のり子は神話から抽出する。それは、『古事記』でアマテラスが子のオシホミミを地上に降臨させようとしたところ、オシホミミが地上を望見し「いたくさやぎてありなり」と述べた状況でもある（吉田・古川、一九九六、一五四～一五五）。

オシホミミの子、ホノニニギを降臨させる前の葦原中国は『日本書紀』第九段本文には「多《さは》に蛍火のかかやく神、及び蠅声《さばへな》す邪《あ》しき神有り。また草木ことごとくによく言語《ものいふこと》有り」とある。紀第九段一書六には、葦原中国は岩根、木のもと、草葉がよく物を言い「夜はほほの若《もころ》に喧響《おとな》ひ、昼は五月蠅《さばへ》如《な》す沸き騰《あが》る」とある。また、天の神アメノホヒが地上のあり方を見下ろした状況を表現する出雲国造神賀詞《いずものくにのみやつこのかむよごと》（『延喜式』祝詞）には「昼は五月蠅《さばへ》なす水沸き、夜は火瓮《ほべ》なす光《かがや》く神あり、石根・木立・青水沫も事問ひて、荒ぶる国なり」とある。そして『常陸国風土記』香島郡には地上に秩序をもたらす神の降臨前には「荒ぶる神達と岩根、木立、草の片葉がものを言い、昼はさ蠅なす音声がし、夜は火がかがやく国を平定するために天から神が降臨した」（秋本校注、一九五八）とある。

また、岩波文庫本の『日本書紀』（一）の補注には、草木がよく物を言うことについて「大祓の祝詞にも「荒ぶる神等《かみたち》をば神問はしに問はしたまひ、神はらひに掃《はら》ひたまひて、語問《ことと》ひし磐根《いはね》、樹《き》根立《ねたち》、草《くさ》の片葉《かきは》をも語《こと》止めて」とある。コトトフは物を言う意。磐や木立や草の葉が、物をいうことは、荒ぶる神たちが活動するのと同列に取り扱われている」とある（坂本他校注、一九九四、三六八）。

筆者は他所において「さばへなす状況」を先学の説を援用して「神話的混沌と殺戮《さつりく》、大量死、そして神の祟り」と捉えた（福、二〇一〇、一七二）。多くの蠅が群れ飛ぶ状態を度重なる戦いで殺戮《さつりく》された、あるいは飢饉で死亡した大量の死者に群がる蠅、と考えたのである。『日本書紀』の記す剣峻《けんしゅん》な信濃の坂に現れた蠅の群れは、推古天皇や斉明天皇の崩御、そして白村江《はくすきのえ》の戦いの敗戦の予兆となった。またそれとは別に不吉な蠅の群れは火山の噴火とそれに伴う激甚な人的被害の際にも現れたはずである。

古川は前掲書で、オシホミミが見た葦原中国の状況を「夜はたくさんの神々が蛍火のようなちらちらと燃える火を発しながら飛び交って、一面ぼんやりと明るんでいる。昼は多くの荒ぶる神々が、田植えの頃に蠅の大群が湧き出るような勢いで立ち現れて、ブンブンと大騒音を発し、水は沸騰してゴボゴボと泡立ち、水泡も草も木も石もみな勝手に言葉を発していたというのである。ここに表されているのは、神も人も草木も石も水も、すべてがはっきりとした区別なく混ざり合ってたち騒ぎ、禍々しいまでの生命力に沸き立った混沌の状態である」と述べる（吉田・古川、一九九六、一五五）。

夜に自らを光源に怪しく光る悪しき神、そして荒ぶる神が渦を巻いて沸き上がり騒音を発し、水は沸騰して泡立ち、泡も草木も石もみな秩序なく音を立てるとは、禍々しいエネルギーが煮え滾《たぎ》り、大音響と無秩序状態を呈している、ととることもできる。これは昼夜を問わず怪しく強い光を発しながら噴煙を上げ、火山灰や軽石を噴き出し、溶岩ドームを形成したり、火砕流《かさいりゅう》を引き起こす噴火の状況の神話的表現ではないか。

なおイザナキが、イザナミの死の原因を作った火の神のカグツチを斬った際、『日本書紀』第五段一書八には、血が激しい勢いで「石礫、樹草に染まる。此草木、沙石《いさご》の自づからに火を含《ふふ》む縁《ことのもと》なり」となった、と記す。『日本書紀』の注には「血は火と連想されるので、激灑《げきしゃ》［筆者注——激しくふりかかる］した血が草木や石について火のもととなったの意。草や木は燃える。ここにいう沙石は、おそらく燐《りん》をいうのであろう」とある（坂本他校注、一九九四、五三）。この場面を「激しく火が草木や石にふりかかり、草木が燃えリン鉱石が火を含む」と注のように論理的に解釈できるかどうかは疑問である。

後述するようにカグツチは火山の神という側面がある。この記述は、殺害されたカグツチから飛び散った血であり炎であるものが、噴火の火と同じように石や草木に降りかかり、本来、火とは無関係なものが火で燃えて光を発するようになった、という意味ではないか。この草木や石は「さばへなす状況」で勝手に言葉を発する物達でもある。神話世界の原初の火山の神の殺害を契機に、地上世界には無秩序な火が宿るべきでない場に宿るようになった。草木も石も不気味な火によって勝手に燃え光り、発する必要のない音声を発するようになり、「さばへなす状況」を呈するようになった、と考える。

ホノニニギの父のオシホミミが天上から見たのは、高天原勢力にまつろわぬ者達が跋扈《ばっこ》すると同時に、無秩序な噴火のエネルギーで沸きかえる国土だったのではないか。その情景に嫌気がさし「いたくさやぎてありなり」とホノニニギが述べた、と解釈することもできる。

噴火と日本神話の関係について、従来はあまり言及されることはなかった。活発な火山活動と地殻変動を繰り広げる日本列島を原風景とする神話、という視点を設けると新たな知見が得られる。ここでは「火山と竹の女神」コノハナノサクヤビメと『竹取物語』のカグヤヒメについて論じ、隼人とその神話について考察する。

火山の女神、コノハナノサクヤビメ

天孫、ホノニニギは降臨し、笠沙《かささ》の御前《みさき》で美人に遇う。記によると美人はオホヤマツミの子のカムアタツヒメ、またの名をコノハナノサクヤビメと名乗る。紀第九段本文では彼女は鹿葦津姫(カシツヒメ)、またの名をカムアタツヒメとコノハナノサクヤビメと名乗る。また、紀第九段一書二では神吾田鹿葦津姫(カムアタカシツヒメ)、またの名をコノハナノサクヤビメと名乗る。吾田《あた》は吾田(阿多)隼人《はやと》の本拠地であり、鹿児島県の西部の古称である。そして、カシツヒメは岩波文庫本『日本書紀』(二)の補注によると九州南部の地名、カシ(加志)の姫を意味する。同書の補注には続紀(『続日本紀』)の天平元年(七二九)七月条に「大隅隼人、姶良郡少領外従七位下勲七等加志君和多利」とあることを指摘する。加志は大隅隼人の居住する地だったのである(坂本他校注、一九九四、三七三)。コノハナノサクヤビメは咲き誇る花であり、吾田、そして加志の地の隼人と不即不離の関係にある女神なのである。

南薩摩、そして薩南諸島は、桜島はじめ火山が活発な活動を繰り広げている地である。姶良《あいら》カルデラ、阿多カルデラ、池田カルデラ、そして鬼界《きかい》カルデラ等の活動により、大地と島々は噴火に伴う陥没、火砕流、軽石や火山灰の堆積によって姿を変え続けた。これらのカルデラの活動年代は幅広いが、約千年前に比定される活動もある(町田他、二〇〇一、一六四~一七六)。このカルデラの活発な活動はまさに神の仕業、と認識されていたはずである。

中村明蔵は『続日本紀』天平宝字八年(七六四)に桜島の噴火の状況が記されていることを指摘

今なお噴煙をあげる桜島

する。「烟雲晦冥。奔電去来」（噴火の煙の雲によって暗くなり、ひらめく稲妻が去来した）の状態の後、沙石が自ずから集まり、海に三島が化成したことが記される。そして天平神護二年（七六六）と宝亀九年（七七八）には大隅国の海中に島ができ、その島のために大穴持神を祭り官社とした、とある（中村、一九九八、二二一～二二二）。「大隅国神造新島」（七六六年）、「大隅国海中有神造島」（七七八年）という表現は、噴火活動によって化成した島々が、神が造ったとみなされたことを示す。

中村は『続日本紀』延暦七年（七八八）に霧島山系の噴火とみられる記事があることなどから、「南部九州の諸火山は八世紀後半にはその活動が激しかったと、一応は推定できるのではあるまいか」と述べる。中村は先学の説によって桜島が約一万三〇〇〇年前から活動を始め、十三回の大規模な軽石噴火をくり返したと言われていることを指摘する。そして「小規模噴火まで入れると、南部九州に人びとが生活しはじめたとき以来、その噴火と共生してきたといえよう」と述べる（中村、一九九八、二二八・二四〇）。

記紀が成立したのは八世紀前半であり、それ以前に日本列島の火山、そして南九州の火山帯が具体的にどのような活動をしていたかは、知ることができない。しかし、現代でも常に列島のどこかで火山活動が起こり、気象庁が観測にもとづき警戒レベルの火山を示し、そして地震情報を出し続ける日本列島にあっては、噴火活動は常にどこかで存在した、と言ってよい。

南九州の女神、コノハナノサクヤビメの父、オホヤマツミは、記ではイザナキとイザナミの神生みによって生まれた山の神である。一方、紀第五段一書六では、火の神カグツチを生んで産道を焼かれてイザナミが死に、怒ったイザナキがカグツチを剣で斬り、剣の頭《たかみ》から滴る血が激越《そそ》きて闇龗《くらおかみ》（谷の竜神）、闇山祇《くらやまつみ》（谷に住む山の神）、闇罔象《くらみつは》（谷の水神）が化成した、とする。また紀第五段一書七ではイザナキがカグツチを三段に斬り、一段に雷神《いかづちのかみ》、一段にオホヤマツミノカミ、一段に高龗《たかおかみ》（水神）と成った、とする。そして紀五段一書八ではイザナキがカグツチを五段に斬り、それぞれが五つの山祇となった、とする。頭部は大山祇《おほやまつみ》、むくろは中山祇《なかやまつみ》、手は麓山祇《はやまつみ》、腰は正勝《まさか》山祇《やまつみ》、足はしぎ山祇《やまつみ》となった、というのである。

これらの一連の紀の記述は、オホヤマツミがイザナキによる火の神殺害に伴い化成した、という異伝があることを意味する。保立道久は大地創造の神話におけるカグツチの役割を火山の神と

大正の大噴火で埋没した腹五社神社の鳥居
（鹿児島市黒神町、筆者撮影）

推定する。そして、「カグツチの誕生によって地母神＝大地が死にいたるような大きな痛手を負っていること、カグツチの死体から山神を中心に磐神・雷神・黒い雨神などが生まれていることもわかりやすい」と述べる。そして、カグツチが飛び出したミホトのホトは火処であり、女性の性器や噴火口や鍛冶の火床を意味すること、巨大な地母神イザナミの熱く窪んだミホトからカグツチが爆発し、その結果イザナミが「石隠《いわ》れた」と、先学の説にも依拠しながら語る（保立、二〇一〇、七三～七四）。

保立の指摘から、オホヤマツミは大地母神の噴火そのものを表象した火の神から化成した山の神、という性格もあることがわかる。オホヤマツミは山の神であるが、当然、火山の性格も持っている。その山の神の子がコノハナノサクヤビメと姉のイハナガヒメである。

記によるとコノハナノサクヤビメとの結婚を望んだホノニニギは、オホヤマツミに結婚を申し込み、喜んだオホヤマツミは姉のイハナガヒメを副え、多くの品物を持たせて奉った。姉のイハナガヒメは醜かったため、ホノニニギはイハナガヒメを返し、コノハナノサクヤビメとだけ契りを結ぶ。オホヤマツミは姉娘を返されたことに激怒し、「娘二人を一緒に献上したのは、イハナガヒメを妻としたら天つ神の御子の生命は常に石のように不変不動であろう、コノハナノサクヤビメを妻としたら木の花が咲き誇るように繁栄するだろうと誓約をして差し上げたからだ。ところがあなたはイハナガヒメを返し、コノハナノサクヤビメだけを留めた。だから天つ神の子の生命は木の花のようにはかなくなるだろう」と呪いの言葉を発した、という。紀の第九段一書二ではイハナガヒメ本人が天孫を呪詛したことになっている。

このイハナガヒメとコノハナノサクヤビメは互いに切り離せない密接に結びついた存在であり、姉妹が大地母神のイザナミと多くの共通点を持つことを、古川のり子は先学の説に拠りながら述べる。イザナミはイザナキとの一回の交わりからたくさんの国土や神々を生みだし、お産の最中に火で身体を焼かれて死んだが、火傷に苦しみながら金属や粘土や穀物などの神々を誕生させた生産と豊饒の女神であり、このような側面はコノハナノサクヤビメがホノニニギとの一回だけの交わりで一度に三人の子を火で焼かれながら生んだことに対応する、というのである。そして、亡きイザナミを追って黄泉国に来たイザナキが腐敗したイザナミの醜い姿に恐れをなして逃げ出したことに激怒し、地上の人間に死の運命を定めた宣言をしたイザナミと、結婚を拒絶されたことに激怒し、天皇または人間全体に死の運命を定める宣告をしたイハナガヒメがよく似ている、というのである。オホヤマツミの娘は二人一組になって「生産と豊饒の女神であると同時に恐ろしい死の女神でもある大地の母神・イザナミの二面的な性質の一方ずつを、それぞれが表わしているのである」と古川は述べる（吉田・古川、一九九六、二一五〜二一六）。

コノハナノサクヤビメとイハナガヒメは美・醜、可変・不変、花・石、生・死、などの多くの対立軸を持っている。そこに火山という視点を加えると、コノハナノサクヤビメは噴火の火、イハナガヒメは溶岩が固まった岩石、と考えられる。火は比叡山延暦寺に伝世する最澄時代から続くとされる「不滅の法灯」などの例外を除き、不滅を象徴するとは言い難い。一方、溶岩が冷え固まった岩石は噴出時のマグマの組成にもよるが、おおむね硬く、年月を経ても形状は変わらない。岩石はそのままではさほど美しくはない場合が多いが、不変不滅を象徴している。

火山の火の女神、コノハナノサクヤビメの面目躍如の場面は、出産である。記と紀第九段本文、一書二、五、六では、一夜の交わりで子を宿したコノハナノサクヤビメをホノニニギは疑う。記によるとヒメは「吾が妊みし子、もし国つ神の子ならば、産むこと幸くあらじ。もし天つ神の御子ならば、幸くあらむ」と言って戸のない八尋殿を作り、その中に入って土で塗り塞ぎ、出産の時は火を点けた、という。火が盛んに燃える時に生んだ子はホデリ、次にホスセリ、次にホヲリの三柱の御子が火中出産により誕生したのである。

紀第九段一書五によると、四柱の子神を生んだ吾田鹿葦津姫ことコノハナノサクヤビメに向かい、ホノニニギは嘲《あざけ》りの言葉を発する。その言葉に怒ったヒメは無戸室《うつむろ》を作り中に籠って「私が妊娠した子がもし天の神の子でなければ必ず焼け死ね、天の神の子であるなら害《そこな》われることはないだろう」と激烈な誓言《うけひ》をし、火を放つ。

するると、火の初めの明るい時、盛りの時、火の衰えた時、火熱の引く時にそれぞれ四柱の子神達が名を名乗り、父と兄達は何処にかましします、と言葉を発する。最後に火の燃えぐいの中から母神が出現し「私が生んだ子供達と我が身は火難にあっても少しも損なわれませんでした。天孫よ、ご覧になりましたか」と言挙げした、と伝える。

力ある神の霊威の籠ったウケヒの言葉は生殺与奪の力を持つ。ウケヒの後の言挙げは、吾田鹿葦津姫の霊威が天孫の嘲りに勝利したことを高らかに宣言したことでもある。その霊威とは、火難をものともしないことである。

ホノニニギは「私はもとより自分の子だということはわかっていた。ただ一夜の交わりで身ごもった。疑う者がいるかと慮り、衆人が皆、子供は私の子、ならびに天つ神はよく一夜で子を身ごもらせることができると知らしめたいと思った。また汝は神秘的な霊威があり、子供達もまたすぐれた「気《いき》」があることを明かしたいと思った。このために前日の嘲りの言葉があったのだ」と言った。

このホノニニギの言葉は吾田鹿葦津姫の霊威を認めている。すなわち「汝霊《いましくしび》にあやしき威《かしこさ》有り」とホノニニギはいうのである。また、子神達のすぐれた気も称揚している。これは、天孫にはなく、吾田や加志の地、すなわち隼人の本拠地と深く結びついた女神とその子神達だけに備わった力をホノニニギが認めたことに他ならない。それは、南九州の火山の火のエネルギーであり、滾《たぎ》りたつ大地の噴火の息吹でもあろう。また噴火によって「多に蛍火のかかやく神、及び蠅声なす邪しき神有り。また草木ことごとくに能く言語有り」という混沌状態になった世界のエネルギーでもある。混沌とした世界を支配するには混沌状態の世界のエネルギーが必要である。高天原には存在しないそのエネルギーを獲得するために、ホノニニギはコノハナノサクヤビメと結ばれたのではないか。

火山の女神は火を自在に操る力を持っているので、火中で出産したり、子神達と火中にこもることなどは容易《たやす》かったはずである。一夜の交わりで妊娠したのを天孫に疑われたから火中で出産し、無事に子神達を誕生させた、あるいは女神が室に籠って火をつけ子供達が天孫の子であることを証明した、という神話の語りは説明的である。その説明が必要だったのは、コノハナノサクヤビメが火山の女神であることが神話に明瞭に語られていないからであろう。

なおコノハナノサクヤビメの出産については、従来、産婦のそばで火をたく習俗の反映である、と解釈されてきた。小島瓔禮は、古くは橘南谿《たちばななんけい》が『西遊記』続編（一七九八年）で「徳之島では婦人が出産すると、産屋のそばで七日間、昼夜火をたく。多くたいたことを手柄とする」と述べていることを指摘する。そしてこの習俗が古くは東南アジア一帯に広がっていた習慣だろう、と述べる。また、『隋書』流求国伝にも同じ習俗が記されていることから、「この習俗が七世紀以前に琉球の周辺にあったことが立証される」と述べる。そして小島は「この風習が琉球に集中的に分布しているのをみると、神話の形成期にも、隼人世界の習俗として特徴的だったのではないかと考えられる」と述べ、「この推測が成り立つとすると、ニニギの命の神話は、舞台ばかりではなく、その本質までが隼人の文化に属するものだったということになる」と指摘する（小島、一九九〇、一四六〜一四七）。古川のり子も沖縄島、琉球列島の竹富島、東京都八丈島の事例をあげ、小島と同様の指摘をしている（吉田・古川、一九九六、二二一〜二二三）。

確かにコノハナノサクヤビメの出産は、小島や古川のあげる南西諸島や八丈島の習俗に引きつけて解釈することができる。しかし、神話の中で逃げ場のない閉鎖的な産屋に籠り、火を点けたのはコノハナノサクヤビメ自身である。そのあり方は、出産に際して大量に失血し、貧血状態から低体温傾向になる産婦を火で温める、という意味もある習俗とは次元が異なっている。産婦を火で温める習俗において、産婦は受動的な立場である。それに対してコノハナノサクヤビメの行動は能動的である。尋常の母子ならば必ず焼き尽くす炎をものともしないコノハナノサクヤビメと子神達は、まさに火山の申し子だった、と考える。

竹刀・田・酒

紀第九段一書三は、コノハナノサクヤビメが火炎の中で三柱の子神を生んだが、火は子神達も母神も損なわなかった、とする。そして「竹刀《あをひえ》を以て、其の児の臍《ほそのを》を截《き》る。其の棄てし竹刀、終に竹林《たかはら》に成る。故、彼の地《ところ》を号《なづ》けて竹屋《たかや》と曰ふ。時に神吾田鹿葦津姫、卜定田を以て、号けて狭《さ》田《た》と曰ふ。其の田の稲を以て、天甜酒《あめのたむさけ》を醸《か》みて嘗《にひなへ》す」とある。

この記事は、コノハナノサクヤビメが子の臍《へそ》の緒《お》を竹刀で切った、捨てた竹刀は竹林となり、そこを竹屋と名付けた、そして卜をして田を定め田をサナタといった、その田の稲で酒を醸造し新嘗をした、と語る。子の臍の緒を竹刀で切ることについて、岩波文庫本『日本書紀』の注はいくつかの例をあげる。例えば『山槐記《さんかいき》』の治承二年（一一七八）十一月十二日条の、後の安徳天皇である言仁《ときひと》親王生誕の時、生気の方角の河竹を先に切っておいて竹刀を作り、削っておいて内大臣がこの竹刀を取って臍の緒を切り奉る、というのである。また『塵添壒嚢鈔《じんてんあいのうしょう》』（二）に「臍の緒を竹刀を以て切る事」とあることも指摘し、「江戸時代まで、竹刀で切るのが一般の習慣であったらしい」とする。そして、南洋諸島や東南アジアでは竹の刀で切る習慣を持つところが多いらしい、とも指摘する。

鹿児島の竹林（筆者撮影）

『日本書紀』（一）の竹刀についての補注では、日本の習慣に関しては、シーボルトの『ニッポン』及びフローレンツの『日本紀』に記載があること、また戦国武将の武田氏の戦略、戦術を記した軍学書『甲陽軍鑑《こうようぐんかん》』に「ゑな刀と申て竹にて一尺二寸にして節を一つ籠、左右刀に作りて是にてゑなを納るなり、納所はうみたる座敷の下に納申なり、他の流には同方（両方か、両刃か）をとる事しらぬ事なり。依之子そだたぬといへり」とある、と指摘する（坂本他校注、一九九四、三八二）。「ゑな」とは胞衣、つまり胎児を包んでいた膜や胎盤を意味する。

　また、沖浦和光は、『薩摩国風土記』逸文に、ホノニニギが日向に降臨した後に薩摩国閼駝（阿多）郡の竹屋村に移り、竹屋守の娘を娶《めと》って二人の男の子をもうけ、生誕の時に竹を刀に作って臍の緒を切った、その竹は今もあると伝えられ、この風習を受け継ぎ、今も同様にする、とあることを指摘する。風土記逸文とは、後代の文献に「〇〇国風土記にはこうあった」として引用されるものである。『薩摩国風土記』は散逸し、今は読むことができない。沖浦はまた、鎌倉時代の『餓鬼草紙』の第二段の産屋の場面に、産まれたばかりの嬰児の臍の緒を切ろうとしている産婆が、その手に握っているのは竹篦《たけへら》、つまり竹刀であることを指摘し、この風習は近世に入っても続いていたようで、男子ならば雌竹、女子ならば雄竹で作った竹篦を用いた、と述べる。

沖浦はインドネシアやマレーシアでは昔からその風習があったこと、小スンダ列島、スラウェシ、ボルネオ島の奥地では今でもこの慣習が残っていることを述べる。そして、金属刀はすでに古い時代から使われていたにもかかわらず、この風習で竹刀を用いるのは、竹に呪力を認め、産まれた子の将来を祝福するためである、と指摘する（沖浦、一九九一、一一〇〜一一二）。

渡山恵子は臍の緒を切断する道具としての竹刀に注目し、臍の緒切断を「母親からの分離・自立、すなわち胎児から新生児への誕生を意味する誕生儀礼」ととらえ、前掲のコノハナノサクヤビメの事例や安徳天皇の誕生の際の事例をあげる。そして、南さつま市金峰町白川においては昭和四十年代初めまで臍の緒を竹包丁で切る事例があったこと、三島村黒島では大正後期生れの夫婦の実体験として、臍の緒は庭の竹を伐ってヘラを作り、それで切っていたことを報告する。そして、先学のあげた事例として、十島村宝島では臍の緒は竹を伐って刃物のようにしたもので切った、大島郡与論島では臍の緒を麻糸か絹糸で強く結び、竹刀でその先を切った、などがあることを指摘する。

渡山は、竹に込められた神秘性や神聖観、旺盛な繁殖力、生長力、再生力が、誕生儀礼の感染呪術として臍の緒を切る道具に竹が用いられた理由ではないか、と推測している。また、渡山は臍の緒を切るのに竹刀を用いる理由として「清潔だから」と答えたインフォーマントの言葉から、竹には薬理作用があることが知られていたと推測している（渡山、二〇〇六、六五〜六八）。

以上のように、臍の緒を切るのに竹で作った道具を用いる事例は神話時代から現代まで連綿と存在している。前述のように、コノハナノサクヤビメが竹刀を捨てた場所は竹林となり、竹屋と名付けられた、と神話は語る。このことは、女神の使った道具の竹刀は、竹刀に加工されても生きた竹の生命力、すなわち筍《たけのこ》として生え、旺盛な勢いで育ち、繁殖して竹林になる生命力を失っていないことを意味する。この事例は後述する櫛から竹林を化成させ、その竹からヒコホホデミを海神国に送り届ける籠を作り出す塩土老翁《しほつちのをぢ》の扱う竹の生命力と同様である。また、イザナキが黄泉国からヨモツシコメに追われて逃げる際、湯津爪櫛《ゆつつまぐし》を投げたら筍になったという紀第五段一書六の記述も、神の身に付けた竹製の櫛が筍に変化するという事例である。

隼人の女神、コノハナノサクヤビメは竹刀を子神達の誕生儀礼で用いた。竹刀に宿る竹の生命力は、竹林へと変容し、その地名は鷹屋（竹屋）といった。前掲の風土記逸文はコノハナノサクヤビメに相当する女性を竹屋の村の竹屋守の娘、とする。竹細工に巧みなことで古来名高かった隼人の女神は、竹の呪力と深く結びついていたのである。

紀第九段一書の三では、竹林が竹刀から化成した後の話としてコノハナノサクヤビメが神聖な田を卜定して狭名田《さなだ》とし、田の稲で酒を醸《かも》し、ご飯を炊いて新嘗の祭を行ったことが記される。古川のり子は「新嘗祭は、天皇が毎年十一月にその年に穫れた新穀を食する祭りで、即位後初の新嘗祭を大嘗祭という。新嘗の祭りはそもそも高天原において天の狭田《せなだ》・長田という神田で収穫された神聖な稲を用い、アマテラスによって施行されていたが、このカムアタカシツヒメの新嘗が天孫降臨後の地上における最初の新嘗祭となったのである」と指摘する。古川はまた、コノハナノサクヤビメの別名カムアタツヒメの「アタ（吾田）」は、彼女の田の神としての側面も表しているのかもしれない、と指摘する（吉田・古川、一九九六、二一九・二二五）。

吾田は地名の阿多でもあるが、コノハナノサクヤビメが地上世界で初の新嘗を行ったということは、彼女に田の神としての側面もあったことを物語る。コノハナノサクヤビメは高天原の女王、アマテラスの持っていた神聖な田と似た名の田を地上に定め、その田の稲で酒を醸し、渟浪田（水田）の稲でご飯を炊き新嘗をした。

コノハナノサクヤビメはまた、紀第九段一書六によると、天孫が初めて彼女を見た時、波頭の上、つまり海上に八尋殿を建て、手玉も玲瓏《もゆら》に機織りをしていた、という。女神が手にまく玉が触れ合って玲瓏な音をたてながら海上の大きな御殿で機織りをするという姿は、海上でも地上同様に振る舞えるコノハナノサクヤビメの霊威を示している。あわせて、アマテラスも高天原で機織りをする。高貴な女神の仕業としての機織りは、天上でも地上でもなされている。

コノハナノサクヤビメについての神話はアマテラス神話ほど統合的に語られているわけではなく、記紀の本文や紀の一書の断片的な記述を集成するしかない。しかし、機織りをすることや稲作との関わり、新嘗をすること、皇室の祖神で母神という重要な側面では、アマテラスに類似している。このことは、高天原の女王の役割を地上の女神がなぞり、再度行っていることを意味する。

天孫であり、にぎにぎしく稔った稲穂、という名を持つホノニニギの降臨の際、アマテラスは天上の聖なる稲、「斎庭《ゆにわ》の稲穂《いなのほ》」をホノニニギに持たせた。古川のり子は穀霊的な存在であるホノニニギが「さらに稲穂を携えて下界に降り、日向の高千穂の峰――日に向かうあるいは日が向かうところの高く積まれた稲積の山――に出現する。このときから初めて地上世界に稲作が開始されることになるので、天孫降臨神話は中つ国の王の誕生の神話、太陽の御子の誕生の神話であると同時に、地上への最初の稲の到来を語る稲作の起源神話でもあるわけである」と語る（吉田・古川、一九九六、二〇五～二〇六）。

紀第九段一書三にはコノハナノサクヤビメの田に植えられた稲がホノニニギのもたらしたもの、

と記されているわけではない。しかし、地上世界で初の新嘗を吾田の地と深く結びついた隼人の女神が行ったことの意義は大きい。イネ科の竹の呪力と深く結びついた火山の女神は、天孫の降臨した大地の稲の豊饒を自らの行為で予祝しているのである。

また、コノハナノサクヤビメは稲で酒も醸《かも》している。古代の酒の醸し方は、『大隅国風土記』逸文によると、米を嚙み酒槽《さかぶね》に吐き入れ、酒の香が出てくる、すなわち唾液の働きで醗酵《はっこう》してくると飲む、という。酒井卯作は酒を醸す役割を古くは女性が担っていた、と推測する。醸造所の責任者を杜氏《とうじ》というが、この語はかつて刀自《とじ》、すなわち一家の主婦をさしていた、というのである（酒井、一九六四）。

コノハナノサクヤビメは隼人の大地の火山の女神であり、天孫を迎えて子神達を生み出した。ホノニニギとコノハナノサクヤビメの子神達は天上の神のような尽きぬ寿命を持つことはない。しかし、火山の噴火のエネルギーに満ちる大地の力を母から継承した。コノハナノサクヤビメの子、ヒコホホデミは、紀によると隼人の地上世界から隼人の竹細工で作られた籠で海神国を目指し、海神の娘と結ばれ、子供達をもうける。その子供達のうち一人が神武天皇として大和で地上の王となる。高天原とは異なる火山の大地と豊饒の海の霊威を兼ね備えた天孫の子孫こそ、地上の王者にふさわしい。地上の王の原点は、火山と隼人、そして竹と稲作の女神、コノハナノサクヤビメなのである。

コノハナノサクヤビメはまた、日本を代表する火山、富士山の女神である。富士山を祀る浅間神社の祭神、コノハナノサクヤビメは、端正な姿の富士山を象徴する美貌の女神である。しかし、火山と噴火の女神でもあるコノハナノサクヤビメは、噴火に伴う混沌のエネルギーを内に秘めている。貞観の大噴火（八六四年）によって富士山麓とその周辺の景観が大きく変化した時、人々は噴火の煮え滾る力に圧倒されたはずである。まさに究極の山の神としてコノハナノサクヤビメが選択された意義は大きい。

ヨと籠

『竹取物語』のカグヤヒメは竹の節の中で見出された。春の宵闇、竹取翁が竹林の中の竹を切ろうとしたところ根もとが光る竹をみつけ、筒の中に光が宿っているように見えた。そこには三寸ばかりの小さい美しい女の子がいた、というのである。女の子は僅かの間に丈を伸ばす筍そのままの勢いで成長し、三ヶ月で髪上や裳着の儀式を行い結婚可能な娘となった。そして「なよ竹のカグヤヒメ」と命名された。沖浦和光はなよ竹は女竹であると指摘した上で、細くてやわらかで弾力に富んでいる「メダケ」は、しなやかで楚々とした女性を形容する枕言葉として『万葉集』などによく出てくることを述べる（沖浦、一九九一、一四〇～一四一）。

カグヤヒメは竹の節と節の間にいた。そして、ヒメを見出したのち、翁が竹を取りに行くと節の間ごとに黄金がある竹をみつけることが重なり、翁は次第に豊かになっていった。保立道久は、当時の黄金は重さで流通しており、砂金のまま袋に入れられるか溶かされて金塊にされるかどちらかだったことを指摘し、『竹取物語』の場合は金塊が竹の中に嵌《はま》りこんでいたのだろう、と述べる。また保立は戦国時代、円筒形を縦に二つ割りした割竹に金地金を流し込んだ「竹流し金」の存在を指摘し、「『竹取物語』の記述は、この時代の金塊の形を示す貴重な資料である」と述べる（保立、二〇一〇、三二〜三三）。

カグヤヒメは月の世界の住人だが、罪を犯して地上に遣わされた。そして、黄金は彼女を養育するための代償と考えるのが自然だろう。カグヤヒメと黄金は、ともに月の世界からこの世界へ、竹の節と節の間に神秘的な方法で送られてきたのである。節と節の間は、「ヨ」と称される。後述するように、ヨは代・世と表記されるものと同じである。ここではヨは、別世界とつながっている。

このヨに類似した働きをする籠が神話に登場する。それは、降臨した天孫であるホノニニギとコノハナサクヤビメの子、山幸彦ことヒコホホデミが、失くした兄の釣り針を求めて海神国に赴いた際に乗った無目籠《まなしかたま》である。兄に借りた釣り針をなくし、釣り針を返すように責められたヒコホホデミが浜辺をさまよっていたところ、塩土老翁《しほつちのをぢ》に出会う。紀第十段本文は、老翁が無目籠を作り、ヒコホホデミを中に入れ、海に沈めたら自然に海神国に通じる可怜小汀《うましをはま》（美しい小さい浜）があった、と記す。紀第十段一書三には無目堅間《まなしかたま》の小船にヒコホホデミを乗せたら自然に沈み去り、たちまち可怜御路《うましみち》があり、路のままに往ったら自然に海神宮に着いた、とある。

また紀第十段一書一には塩土老翁が玄櫛《くろくし》を取り、土に投げたら五百箇竹林が化成し、その竹を取って大目麁籠《おほまあらこ》を作り、ヒコホホデミを中に入れ海に入れた、あるいは無目堅間で浮木（水に浮かぶいかだの類）を作り、細縄でヒコホホデミをゆいつけて沈ませた、とある。その結果、ヒコホホデミは海の底の可怜小汀を進み海神宮に至る。

紀第十段一書四では塩土老翁が、海神の乗る駿馬は八尋鰐魚《やひろわに》（鮫）であるとして、橘の小戸の八尋鰐魚達のところにヒコホホデミと共に相談に行く。八尋鰐魚からは、海神宮に行くのに八日かかるが一尋鰐魚は一日で行く、一尋鰐魚に乗り可怜小汀からわが君（海神）の宮へ行ける、宮の門の井の上に湯津杜樹《ゆつかつらのき》があるのでその樹の上にいってそこにましませ、と進言される。ヒコホホデミは八尋鰐魚の言葉に従い、一尋鰐魚の到来を待ち、海神国に至る。ここには無目堅間は登場しないが、異次元の世界である海神国への乗り物が陸の神々の言葉を解する鰐魚である、という点が興味深い。

塩土老翁について森浩一は、彼はホノニニギが吾田の長屋に至った時に土地の物知りとして登場してよい国があると教えること、紀第九段一書四ではイザナキの子と説明されていること、ヒコホホデミに海神宮のありかを教えること、そして神武東征の際には東方に青山で囲まれたよい国があると教えることなど、海上交通の掌握者あるいは経験者、さらに遠く離れた土地の情報を知っている者として現れることを指摘する（森、一九九九、一四七）。

森は隼人の行動力に着目し、隼人が畿内にも拠点を持っており、瀬戸内海交通の東端の大阪府の淀川の河口に「大隅島」があり、ここが近畿地方各地に分住する隼人集団の要的な根拠地とみられる、とも述べる。このような隼人集団のあり方をふまえ、森は「遠方の土地の情報を知った者として登場する塩土老翁は、阿多隼人の集団の長にふさわしい役割を果たす者として語られているとみてよかろう」と述べる。森はまた隼人は竹細工が巧みなことで名高いと指摘し、「隼人ならば目のつまった竹籠が作れる」という認識が九州に限らず畿内の人びとにもあったのであろう」と述べる（森、一九九九、一四七・一五〇）。

阿多隼人の長というべき塩土老翁は、紀第十段一書一によると玄櫛から竹林を化成させる。玄櫛についての『日本書紀』（二）の注には「櫛は現在のもののように横に長いものではなく、櫛の歯の数の少ない、縦に長いもので、竹で作った。それで、その櫛が筍になったり、五百箇竹林になったりするわけである」とある。玄櫛から竹林を化成させ、その竹からヒコホホデミを海神国に送り届ける籠を作り出す塩土老翁は、竹を魔術的な力で変容させる人物でもある。神話世界の隼人の長に相当する人物が、コノハナノサクヤビメと同じく竹を自在に扱う力を持っていたことは注目に値する。

塩土老翁がヒコホホデミのために作った無目籠は、文字通り目のつまった竹籠である。紀第十段一書一では大目麁籠《おほまあらこ》であり、こちらは目の荒い籠である。いずれにしても、竹製の籠や籠と同じ名の船が、地上から海神国へ安全にヒコホホデミを送り届ける役割を果たしている。

この竹籠の名を持つ乗り物は、カグヤヒメが発見された節と節の間の空間であるヨに類似している。無目籠は竹細工による密閉空間であることを強調した名称であり、あたかもヨを人工的に構築したかのようである。勿論、竹籠はヨのように月の世界と繋がっているわけではない。また、大目麁籠はヨの象徴を担うには目が荒過ぎる。しかし、竹籠に籠るか鰐魚に乗らなければ、ヒコホホデミは海神国には至れない。また、無目籠と同名の船に乗ってこそ、海神国に通じる可怜御路を見いだせるのである。地上と次元の異なる世界を神秘的な方法で繋ぐという視点で見ると、カグヤヒメのいたヨとヒコホホデミの無目籠は同様の存在である。

沖浦和光は竹の空洞は霊的空間である、と述べる。沖浦はこの空洞が色々な容れ物として用いることができ、また物が入って籠ることができる空間であり、アニミズムの時代にあっては「タケの空洞は、そこにこもって新しい霊魂を身につけるのにふさわしい空間」である、と述べる。また、竹の空洞が新しい胎児を宿す子宮のイメージで捉えられたので、竹の空洞から美しいカグヤヒメが誕生した、という話にも理があると述べる（沖浦、一九九一、九六）。

カグヤヒメは小さい頃、籠に入れて養われた。沖浦は農具の箕や籠に呪力があるとされていたことを指摘する。そして、箕は南九州では八月十五夜祭の供物を載せるために用いられたことや、子供の誕生祝いに箕の上に立たせる習慣があることなどから、箕は神饌《しんせん》の容器なので呪力があり、中が窪んでいるから穀霊が宿るとされたのだろう、と述べる。そして、西日本に女性の受胎と結び付いた箕信仰というべきものがあり、嫁入りの日に箕を嫁の頭上に戴かす、あるいはまだ孕まぬ嫁に箕を贈る習俗が九州を中心に各地に存在していたことを指摘する。そして、九州や佐渡の海民の習俗として、夜漁から帰ってきた夫婦が朝、同衾する際、戸口に箕を立てる習慣があったことを先学の指摘に沿って述べる（沖浦、一九九一、一二九〜一三〇）。

竹製の箕や籠に豊饒の呪力がある、という沖浦の指摘は、竹を加工した竹製品が胎児を宿す子宮のイメージや、霊的空間の豊饒の象徴性を担っていることを示唆する。

カグヤヒメの宿った竹の節間のヨと神話の無目籠はともに霊的空間であり、小人のヒメと、兄に責められて意気消沈する少年ヒコホホデミを宿した。ヨから出たカグヤヒメは速やかに成長し、結婚可能な美しい娘になった。無目籠から出たヒコホホデミは海神国で海神に手厚くもてなされ、兄に勝てる呪物を授かり、海神の娘を妻として獲得する。ヨや無目籠に守られた小さく弱々しい存在は、そこから出ることによって大きく強く美しくなる。その意味でもヨと竹籠は類似している。

ヨと輝き

カグヤヒメは竹の節間、ヨに宿った竹の精である。ヨ、そして琉球方言におけるユ（三母音の琉球方言では、本土方言のヨがユになる）について幅広く考察した荒木博之によると、ヨは代、世、節、齢などの字が宛てられてきた。荒木は、カグヤヒメが見出された後、翁が竹を取りに行くと「節を隔ててよ（節間）ごとに、黄金ある竹を見つけること重なりぬ」というようにヨが節と節の間であったのが、転じて竹や葦の節そのものも指示する場合があったこと、竹などの節と節との間を「よう」という鹿児島方言や、腕の関節と関節の間を「よ」という土佐方言の例などがヨの古い用例を今に伝えていることを指摘する（荒木、一九八五、一四五～一四六）。

荒木はまた、沖縄の世を乞うる祭祀、世乞い（ユークイ）のユ（ヨ）を「豊かさの根源としての力」と捉える。そして「天皇の代」という時に「代」が一定の時間的長さを示していることから、「よ」を「ある時間的距離の間、与えられている生命力」と説明する（荒木、一九八五、一五〇～一五二）。

節間であるヨに籠っていた竹の精は美しく愛らしく、子のなかった竹取翁と嫗にとっての宝である。そして節間には、黄金がカグヤヒメの養育料として天上の世界から送られてきた。翁は黄金によって豊かになり、長者になった。

なお荒木は宮古諸島の池間島でユークイ（世乞い）の祭を調査し、島人にユについて質問したところ、「ユは富とか豊かさである」という答えを得た。荒木はまた、御嶽《うたき》（琉球・沖縄的な神を祀る聖域。森であることが多い）に籠ったユークインマ（神女）達が朝食とする、赤豆、米、芋などで作った丸いおにぎりが「ユ」と称されることに着目する。荒木はその年に新しく収穫された赤豆、米、芋は穀霊とも一体化されるべき力、生命力を持ち、それが握り籠められたおにぎりを食することにより、ユークインマ達はその年に更新されるべき「ユ」の誘い水を肉体の中に用意することになる、と述べる（荒木、一九八五、一四九～一五〇）。

池間島はユークイによってユが満ちると、島は真水に恵まれ豊饒となり、多くの子供が生まれ、物質的にも恵まれる、と考えられている。ところで、黄金は竹取翁にとって極めて現世的な富であり、翁を富裕にした。そして、カグヤヒメは美しく育て甲斐のある娘であり、その存在によって翁と媼を精神的に充足させる豊かさであると同時に、婿を取って子を産み、竹取の家を永続させる子という富でもある。それらの富がヨ（節間）から獲得された、ということは偶然ではない。

カグヤヒメはなよ竹を輝かせて出現した姫である。この輝くなよ竹のイメージを「新鮮」と述べる奥津春雄は、この作者が青や緑を好む傾向があることを、先学に拠って述べる。奥津は「青く美しいなよ竹が内部からの光によって輝いているというイメージは、まさに緑柱石（ベリル）

のそれである。緑柱石は緑系統がエメラルド、水色系統がアクアマリンで、崑崙山（ヒマラヤ）に産する。仏典の瑠璃は鉱物学的には必ずしも一種類の宝石を指すとは言えないが、多くの場合、この緑柱石か、また青金石（ラピスラズリ）などを指すと言われている」と述べる。そして「この物語の月光のイメージには緑柱石がよく、ことに輝く竹の美しさは透明なエメラルドを考えたい気がする」と述べ、カグヤヒメが正倉院御物の玻璃器のような浪漫的な誕生の仕方をし、それがやがて天上の美であったことが判明する、と指摘する。奥津は「こうした発想は、華やかな唐代文化を謳歌していた平安朝前期に、まことにふさわしい」と述べる（奥津、二〇〇〇、二五三〜二五四）。

なお奥津の述べるベリル（緑柱石）とは、化学組成ベリリウム・アルミニウム珪酸塩《けいさんえん》の天然石である。ベリルの中で発色が良く、内包物が少ないものは宝石として研磨され、珍重される。ベリルは、結晶系は六方晶系、光沢はガラス状の比較的硬い（硬度7程度、ダイヤモンドは硬度10）石で、成分によって様々に発色する。そして、エメラルド（緑色）、アクアマリン（薄青色）、ヘリオドール（黄金色）、ゴーシェナイト（無色）、モルガナイト（薄ピンク色）、レッドベリル（赤色）などの異なった名称を持つ（ホール、一九九六、七五〜七八）。

なお、ベリルはトールキンの長大な物語、『指輪物語』ではエルフの石と言われる。物語中、最も美しく長寿で神秘的な力を持つエルフ族と薄い緑色の緑柱石、つまりベリルの結びつきは興味深い。そして人の姿形を持ちながら卓越した存在であるエルフとカグヤヒメは、どこか相似している。

カグヤヒメは神話的な存在である。そのカグヤヒメを宿した竹は、唐からもたらされた宝玉の如き色で輝く。平安時代初期の、相当の知識人であったと推定される『竹取物語』の書き手は、新来の物質文化に心惹かれ、その輝きをカグヤヒメの宿る竹の描写に投影したのかもしれない。『竹取物語』において、竹の節間であるヨは子を宿し、富を蔵し、しかも新たな文化の光彩を帯びる。後述するようにkag–を語頭にする貴人は記紀の中に散見される。その意味で、ヨから誕生したカグヤヒメは前代の美しい貴人の系譜に連なる。しかし、カグヤヒメは新しく享受された外来文化の美しいイメージも担う。古の貴人より更に美しい輝きをまとい、地上の男のものになることなく天上の世界へ去るカグヤヒメは、物語史上における永遠の憧れの女性像でもある。

カグヤヒメ・カグツチ・香具山

保立道久はカグヤヒメのkag–の意味を解釈する。保立は、『古事記』に、開化天皇と丹波大県主の娘、竹野比売の孫に、まさに竹そのものである大きな筒で、根を垂れるという名の大筒木垂《おほつつきたり》根王《ねのみこ》がおり、その娘が迦具夜比売（かぐやひめ）で垂仁天皇の妻となった、と指摘する。そして、

『字訓』によれば、この「かぐ」という言葉は、「かがよふ（耀・赫）」「かげ（影）」「かがり（篝）」などと語幹kag-を共有する言葉であって、火や光の揺れ動く様子をいう、と述べる。また、保立は記紀に景行天皇の妻と娘として訶具漏比売《かぐろひめ》・香余理比売《かごよりひめ》が、また、貴人の名として武内宿禰の母影姫が登場することを指摘し、武烈天皇と平群鮪《へぐりのしび》が争った美女である影姫、安閑天皇の妻の香《か》香《か》有《り》姫《ひめ》などの名称にも「揺らめく火」の美しさが籠められているのではないか、と述べる。

さらに保立は大和三山のひとつ、香具山《かぐやま》に注目し、後の神武天皇であるイワレヒコが大和の軍事的制圧に苦しんだ時、天の香具山の土をとって八十平瓮《やそひらか》・厳瓮《いつへ》を作り、道臣命《みちのおみのみこと》に厳姫《いつひめ》という名を与えて女装させ、タカミムスヒを祭った、という紀の記事に注目する。その祭儀の火は厳香《いつのか》来雷《ぐつち》という。保立は『万葉集』で大伴坂上郎女が祖神を齋《いは》う「忌み」の中で竹珠の御統《みすまる》（環飾）を身につけ、地に齋瓮《いはひへ》を据える様子が歌われている（巻三―三七九）ことから、厳姫も同じことをした違いない、と述べる。すなわち、竹珠の御統をつけて竹の精になった物忌女が、厳瓮＝齋瓮を前にした忌みの中で使う火を厳香来雷といったのである、という。そして、天の香具山・厳香来雷の「カグ」と、カグヤヒメの「カグ」は同じ意味を持っていたと述べる。さらに保立はカグヤヒメの「カグ」が火山神カグツチに通じ、カグヤヒメは火山に関係する女神であると述べる（保立、二〇一〇、五六～五九・七四）。

香具山は保立も指摘しているように日本神話の天上の他界であり、天皇の祖神のまします高天《たかまの》

藤原宮跡から香具山を望む

原《はら》にも存在し、天から落下してきたという伝承を持つ。このことは、香具山が標高一五〇メートル余りしかないにもかかわらず、神話的には高天原同様の高みを誇る山だったことを意味する。その香具山で戦勝を祈った神武天皇は、八十梟帥《やそたける》を撃ち、快進撃を繰り広げることになる。

また、香具山では舒明《じよめい》天皇が国見の歌を歌った。『万葉集』巻一―二は「大和《やまと》には　群山《むらやま》あれど　とりよろふ　天《あめ》の香具山《かぐやま》　登《のぼ》り立《た》ち　国見《くにみ》をすれば　国原《くにはら》は　けぶり立《た》ち立《た》つ　海原《うなはら》は　かまめ立《た》ち立《た》つ　うまし国《くに》ぞ　蜻蛉島《あきづしま》　大和《やまと》の国《くに》は」となっている。「大和には群がる山々があるけれども、中でもとりわけ神々しい天の香具山、この山の頂きに出で立って国見をすると、国原にはけぶりが盛んに立ちのぼっている。海原にはかまめが盛んに飛び立っている。ああ、よい国だ。蜻蛉島大和の国は」がこの歌の大意である。伊藤博は「「けぶり」は陸地一帯に燃え立つもの、水蒸気や炊煙などを称し、「かまめ」は海原に飛び交う鷗をいうのであるらしい」と述べる（伊藤、二〇〇五（一）、四七）。大地にも海原にも生命力が湧き立っている素晴らしい国だ、と天皇が自らの統べる世界を賛美したのがこの歌である。

この国見歌の中の「かまめ」については、かつて論争があった。すなわち、標高の低い香具山に登ってもどれほどの景色が望見できたのか、海も見えないのだからこの鷗は内陸部にいるユリカモメ、つまり都鳥ではないか、と言われたりしたという（橋本達雄談）。しかし、香具山が高天原同様の山だったとすると、舒明天皇は高天原の神の眼差しで国見をしていることになり、国原も海原もその視界の内に入っていた、と考えられる。そのような眼差しで天皇は豊かな国土とその生命力を寿《ことほ》いだのである。

カグ山で火の神、イツノカグツチの火を用いて祭儀を行なった神武天皇は大和の王者となり、舒明天皇はカグ山で高天原の神同様の視線で国土を言祝《ことほ》いだ。このカグ山とカグヤヒメの「カグ」が同様の意味を持ち、揺らめく光の意味を内在している、ということは興味深い。

影

　土橋寛は「敏達紀」に「天皇霊」という言葉があり、「霊」をミタマやミカゲと訓じることを指摘する。土橋は、ミタマやミカゲは誓いを破った場合、破った者の子孫を絶滅させる力として働く天地の神や天皇の霊力であり、それは忠実な人民に対しては恩恵を与える力である、と述べる。そして近世期の伊勢神宮への「オカゲ詣り」は伊勢の大神のオカゲ（霊力）を頂きにゆく旅で、そのオカゲは現代の口語の「オカゲさまで」という言葉に残っている、と指摘する。また蔓草や青葉の枝は呪物として挿頭《かざし》や鬘《かずら》にしたので、その霊力を讃《ほ》めて「カゲ」と言う場合があることを指摘する。

　そして、「カゲ」は元来霊力を表す指示語であったが、後に霊力のある呪物の称辞つまり喚情的言語として用いられるようになったため、後者の場合は、指示的言語としての「カゲ」（蔭・影）と混同されることが多い、と述べる（土橋、一九九〇、一八〜一九・一六一〜一六三）。

　犬飼公之は、影が名を付けられていない自然や宇宙の力であり、霊格であること、そして影の領域が可視であると同時に神や魂の顕現であることを指摘する。そして、影、面影を魂の姿、形と捉える（犬飼、一九九一）。

土橋、犬飼の指摘をふまえると、カゲには霊的な意味あいが強い、ということがわかる。前掲の保立の指摘である「kag-を共有する言葉は火や光の揺れ動く様子をいう」も考え合わせると、火や光の揺れ動く様子に上代の人々は霊力を認めていたことがわかる。保立が指摘した記紀に登場する貴人達もカグヤヒメも、火や光が揺れ動くかのような霊力を内在していた、とみなされていたのだろう。

『竹取物語』ではカグヤヒメへの貴人達の求婚と失敗が語られる。その最後に登場したのが天皇である。カグヤヒメの噂を聞いた天皇は、内侍を使いに出す。しかし、カグヤヒメは内侍と対面しない。怒った天皇は竹取翁に働きかけるが、カグヤヒメの拒否は根強い。そこで業をにやした天皇が、直接、翁の家を狩猟の夕べに訪れる。天皇は「光満ちて清らにて居たる人」の袖をつかまえた。保立は「夕方の薄暗い家の内に、後光のように光をまとった女がいたということなのであろう」と述べる（保立、二〇一〇、一六七）。この、自ずから光を発するカグヤヒメの有り様は、前述した揺らめく光を内在したイメージそのものである。

カグヤヒメを無理に輿に乗せようとした天皇に対し、カグヤヒメは「きと影になりぬ」、すなわち急に薄い影のような存在になってしまった。このことは、カグヤヒメが光の精であると同時に影の精でもあることを意味する。光と影をともにあわせ持つカグヤヒメのあり方は、琉球方言の影の用例に相似している。

仲宗根政善は上代語の「かげ」に光、光に照らされてうつる影、光のない黒い影の意味があること、上代に遡るほど「かげ」が「光」を意味することが多いことを指摘する。その上で八重山のうたである「月ヌ　カイシャー　十日三日　ミヤラビ　カイシャー　十七」をあげる。仲宗根によるとカイシャーは「カギ（影）・サ・アン」である。大意は月が美しいのは十三夜、女童が美しいのは十七歳、である。仲宗根は、沖縄本島でも「カーギヌ　アン」で容貌の美しいことを意味するが、光の意味が薄れてきているのでチュラカーギー（きよら影、美しい影）と言わなければ気が済まなくなったと指摘する（仲宗根、一九八七、二八七）。

また、宮古島ではカギ（影）が美称辞となっている。「宮古島はカギスマ」の意味は、宮古島は美しい島、ということである。宮古島西原《にしはら》の神女祭祀においては、「カギ」は美しい、素晴らしいという意味の形容詞になり、祭祀ナナムイはカギナナムイ、供はカギドゥム、敷物はカギダタミ、願いはカギニガイ、素晴らしい歌はカギアーグである（赤嶺、二〇〇一、九八～一一七）。祭祀に関わる行事、道具、歌などをカギが形容するのは、カギ（影）が美と霊性をともに示すからである。

なお、これらの琉球方言の影（カギ）に上代語の意味が残存している理由は、琉球文化が日本の古代文化を近世期まで残してきたからではない。琉球王国初の文字資料、『おもろさうし』の言語を精査した阿部美菜子によると、おもろの言語は平安後期から室町期という時代の影響を受けており、『万葉集』の防人歌や東歌に見られる上代東国方言も含まれている、という（阿部、二〇〇

九、一六六)。このことは、おもろを作り、謡った人の中に、中世期頃、上代東国方言の残る関東から琉球へ至った人々、そして日本本土から琉球へ至った人々やその末裔がいたことを強く示唆する。そのような中世期に本土から南下した人々が上代語の光を意味する影、霊性を意味する「kag−」を南西諸島に持ちこみ、定着していった可能性を筆者は考える。

カグヤヒメは「光満ちて清らなる人」であり、人間に対して拒否の姿勢をとる際は影になる。竹の節間で翁に見いだされた時から自ずから光を発していたカグヤヒメは、まさに揺らめく光の霊性を体現している。カグヤヒメは光の精だからこそ、影をも含む光を自在に操るのである。

隼人と畿内

森浩一は、薩摩半島が縄文時代や弥生時代において、東シナ海沿岸を利用した海上交通の中継地としての役割が大きいことを指摘する。そして、貝殻で文様をつける旧市来町(現いちき串木野市)の市来貝塚(川上遺跡)を標識遺跡とする縄文後期の市来式土器が、西日本一帯の海岸に面した遺跡から出土することがあり、遠方まで運ばれている土器として名高い、と指摘する。森は、市来式土器の背後の集団は「舟に乗って南島から北部九州、さらに一部は瀬戸内海沿岸地域まで活発な交易活動に従事していたと推定されている」と述べる(森、一九九九、一四八)。

森はまた、北部九州の弥生社会の男性支配者達が南島の海中でしかとれないゴホウラ貝を加工した腕輪を、そして女性はイモ貝を加工した腕輪を使う風習があったとし、「阿多隼人といわれた集団は、ゴホウラ貝やイモ貝を南島から北部九州に運ぶうえでも大きな役割を果たしたであろう」と述べる。そして四世紀の前方後円墳である大阪府茨木市の紫金山《しきんざん》古墳で弥生時代の腕輪を踏襲したゴホウラ貝を加工した貝製品が発掘されていることにもふれた森は、一連の指摘の後、「吾田地方と近畿の大王家との間に何らかのつながりがあったことは事実とみてよかろう」（森、一九九九、一四九）と述べる。

森は隼人と竹の関係について、道具の製作にとどまらず、信仰や文学にも及んでいる、と指摘する。そして「日本でもっとも古い小説といわれる『竹取物語』は、今日、竹藪の続く南山城が舞台だとする見方が有力である。南山城はすでにいろいろな機会に述べたように、南九州からの隼人の移住地の一つであり、ここには大隅隼人が多いが、阿多隼人の存在も正倉院文書（隼人計帳）にうかがうことができる。まだ深く追究はしていないけれども、月にたいする信仰とともに、『竹取物語』の原型も南九州から南山城へともたらされたのではないかという予測を、私はたてている」と述べる（森、一九九九、一五〇）。

小野重朗は南九州の古い民俗から隼人像を探ることを試みた。小野は、南九州の旧暦八月十五夜の十五夜綱引き、十五夜相撲圏の中の相撲の原形と考えられるソラヨイ、八月に薩南の島々や

鹿児島県坊津（南薩摩）の海（筆者撮影）

トカラ列島を来訪する面を被った来訪神行事、月読信仰の母体となったと考えられる古い月神信仰、焼畑文化と畑作文化、カヤと竹の文化、狩猟文化、末子相続、隠居分家的相続、女が共同体の中で地位が高く、海神・水神を迎えての司祭者となり、神となって活動する任務を持つこと、海上運搬の交易船の模型を使っての浦浜地帯の船の祭りなどを、隼人文化が民俗として残存した例である、とする（小野、一九九四）。

沖浦和光はカグヤヒメとコノハナノサクヤビメの共通点として、世に類なき麗しい娘であったことと竹の霊力に深い関わりがあったことをあげる。そして、カグヤヒメ伝承と隼人の結びつきを証拠立てる鍵として、「竹中生誕説話」「羽衣伝説」「八月十五夜祭」をあげる。沖浦は「これらはいずれも南九州から南西諸島にかけて、今日まで色濃く残っている民間伝説であり民俗儀礼である」とし、この三つの民間伝承や民俗儀礼が中国大陸の南部から東南アジア一帯にかけて広く分布していること、その源流を遡るとヒマラヤ山麓から中国の江南地方にいたる照葉樹林帯と、南太平洋の熱帯の島々まで辿り着き、この二つの地域は竹の民俗文化圏であった、と指摘する（沖浦、一九九一、一六四〜一六六）。

沖浦はまた、八月十五日の満月の日、カグヤヒメが月に昇天したことを重視する。沖浦は南九州から南西諸島に伝わる八月十五夜祭の深層がサトイモの収穫祭であり、古くは焼畑農耕で栽培されていたイモを十五夜の日に畑から素手で起こし、まず「箕《み》」に盛って月に供えたのだった、と指摘し、八月十五夜祭が南太平洋の基層文化と深く関わる民俗儀礼であったことから、「八月十五夜にカグヤヒメが月の都へ帰って行ったことは、隼人文化の源流と深く関わっていたのである」と述べる（沖浦、一九九一、一七四〜一七六）。

これらの小野と沖浦の指摘のうち、月信仰と八月十五夜の重視、女性の地位が高く、神となって活動すること、竹の文化、などは『竹取物語』に登場する。

なお小野は「京都の大隅村には月読神社が数社あって隼人たちの信仰を語っているといわれる」と述べた上で、薩摩半島には牛―稲作と関連した月神があり、大隅半島には蛇―粟・芋と関連した月神がある、と指摘する。そして「月読神社の母胎となったと思われる古い月信仰をここに見ることができるのである」と述べる（小野、一九九四、四八三〜四八四）。

また下野敏見は南日本の十五夜行事を幅広い視点で取り上げ、月の満ち欠けが若水や不死の概念と結びつくと指摘する。また脱皮を繰り返す、すなわち死と再生を繰り返す蛇に十五夜綱引きの綱が擬せられていること、蛇は水の象徴であり、東南アジアでは川そのものであること、川の恵みによって稲が生育することを述べる。下野はまた、月夜の晩には露がおり、露は植物の生育に欠かせないものなので、月に祈ることは一面では雨乞いの性格を帯びている、と指摘する（下野、二〇一〇、二八〜四五）。

記紀神話の月の神・ツクヨミは、アマテラス、スサノヲと共に誕生した三貴子の一神である。しかしツクヨミは、紀のウケモチ（食物の神）殺害の記事以外、目立った神話を持たない。一方、南九州の月の神信仰は水稲、焼畑耕作の際に月に豊穣を祈願した時代の記憶を宿す。そして月の神信仰の行事として綱引きがあり、そこには蛇や雨乞いなどの要素が見出せる。これらの南九州の民俗の月の神と、南山城の月を祀る神社に具体的にいかなる関係があったのか、今となっては確認できない。

保立道久は『竹取物語』の舞台を大和川に近い広瀬の地域にあった、とする。その理由は鎌倉時代後期の絵巻、『春日権現験記絵』に描写される「夜光る竹」「竹に降臨する女神」の伝承が広瀬を舞台にしているからである。保立によると、広瀬に住む藤原光弘が大和川の北の辺を見ると夜な夜な光る竹があり、貴女がそこにいて「子孫繁昌すべき所なり」と言った、という。そこで光弘が貴女は誰でどこから来たのか、と尋ねたら、住処は「三笠の山の浮き雲の宮」と言って去って行った。この言葉は女神が春日明神であることを意味する。男は出来事に感動し、九四八年に時の天皇に奏上した上で「竹林殿」を建てた。そしてしばらく経って九九二年、男の子孫が夜、家の中で寝ていると家の西南の竹林に女神が降臨し、その竹の部分が黄金色をしていた、という（保立、二〇一〇、二〇～二二）。

保立は記紀に記されている以上に広瀬・龍田の地域にはもっと様々な神話が伝えられており、それが『竹取物語』の中に流れ込んでいるのではないか、と述べる。垂仁天皇の妻の一人、迦具《かぐ》夜比売《やひめ》の父は大筒木垂根王《おほつつきたりねのみこ》であり、この名は雄略記の歌謡「纏向《まきむく》の　日代《ひしろ》の宮は　朝日の　日照《ひで》る宮　夕日《ゆふひ》の　日駈《ひが》ける宮　竹の根の　根垂《ねだ》る宮　木《こ》の根の　根蔓《ねば》ふ宮」からわかるように竹の根を「根垂＝垂根」といい、宮殿の基礎が堅固であることを誉めあげているので、大筒木垂根王の「筒木」＝筒になっている木で竹を意味するに違いない、というのである。

保立は「筒木」は地名としては仁徳天皇の皇后、磐之媛《いはのひめ》の筒木宮の場所、つまり山城国綴喜郡を意味するが、ここに竹を持ちこんだのは南九州の隼人達である、と森浩一の説に拠って述べる。保立は綴喜郡の大住郷から南に山あいの間道を通り、龍田川の流れ下る大和国の平群谷《へぐりだに》へ入れば広瀬・龍田地域はすぐそこであること、そこから大和川を西に下れば隼人の集住する河内国若江郡の萱振《かやふり》に出ること、そして南へ下れば薩摩出身の阿多隼人の集住する大和国宇智郡阿陀郷に出ることを指摘する。保立は広瀬・龍田地域は畿内の隼人集住地の交通路の焦点に位置しており、そして山城から大和西部にかけての丘陵地帯に代々にわたって竹製品を生産し、売り歩く人々がいたに違いない、と述べる（保立、二〇一〇、五三〜五六）。

これらの一連の指摘は、南九州から移住した隼人達の持ち伝えた神話や伝承と『竹取物語』が浅からぬ因縁を持っていることを思わせる。勿論、『竹取物語』の作者には諸説あり、高橋亨によると名があがっているのは、源《みなもとのしたごう》 順・源《みなもとのとおる》 融・僧正遍照《そうじょうへんじょう》・紀長谷雄《きのはせお》などであり、伝承の経路から斎部《いんべ》氏や漆部《ぬりべ》氏に関係した人物との説もある、という。「物語のいできはじめのおや」と『源氏物語』の絵合の巻で称えられたこの物語の作者に擬せられる人々は、「王朝貴族社会の男性知識人」であり、「古代氏族の伝承集団ともかかわり、貴族社会への諷刺的な批判精神を持った人が、伝承の作者群の核に隠れているといえよう」と高橋は述べる（高橋、一九八六、六〜七）。

『竹取物語』の作者がなぜ隼人の神話や伝承を取り込み物語を執筆したのかは、今となってはわからない。ただ、カグヤヒメは隼人世界の竹の女神、コノハナノサクヤビメの面影を確かに伝えている。kag－こと火と光の名を持つカグヤヒメは、隼人の竹と火山の女神、コノハナノサクヤビメの畿内における末裔と言ってよいのではないか。

このはなのサクヤビメ・なよたけのカグヤヒメ

渡瀬昌忠の私信での御教示によると、コノハナノサクヤビメの神名と『古今和歌集』仮名序に記される「難波津に　咲くやこの花　冬籠り　今は春べと　咲くやこの花」（難波津で咲く（梅の）木の花よ。（冬木が芽ぶきを張って）今こそ春になったと咲く（梅の）木の花よ）は関連があり、「この花」は仮名序の注に記されるように梅の花を意味する。仮名序は、あさか山の歌である「安積香《あさか》山《やま》　影《かげ》さへ見《み》ゆる　山《やま》の井《ゐ》の　浅《あさ》き心《こころ》を　我《わ》が思《おも》はなくに」（安積香山の姿さえも映し出す清らかな山の井、浅いこの井のように浅はかな心で、私があなたをお慕い申しているわけではありませんのに）（『万葉集』巻十六—三八〇七）とともに「この二歌は、歌の父母の様にてぞ、手習ふ人の、初めにもしける」と記す。

この二首の歌は聖武天皇が造営した紫香楽《しがらき》宮跡とされる滋賀県甲賀市宮町遺跡から出土した歌木簡の表裏に断片が記されていたことで名高い。また難波津の歌を記した最古の歌木簡は、渡瀬昌忠によると奈良県高市郡明日香村飛鳥の石神《いしがみ》遺跡の天武朝頃のものである。渡瀬は「これらの「歌木簡」は、公的な儀式典礼の場に掲げて歌を詠みあげるための木簡であったと考えてよいであろう」と述べる（渡瀬、二〇一二、二四六）。

渡瀬はまた同書でこの難波津の歌には「仁徳帝のみならず「天皇のみ代の初めを祝った歌だという意味がこめられているだろう」と先学に拠って述べる。そして次のような指摘をする（渡瀬、二〇一二、二四八）。

天武朝ごろに歌われた、このめでたい公的な、力ある譬喩《ひゆ》歌「難波津の歌」は、記・紀・万葉には見えない。『類聚歌林《るいじゅうかりん》』〔筆者注――山上憶良がまとめたとされる歌集。『万葉集』に引用される〕には載せられていたかもしれないが、その書は現存せず確かめられない。しかし、天武朝以後、平安時代までも、この歌は、「歌木簡」にはもとより、他の木簡類の余白にも、土器にも、法隆寺の塔の組み材にまでも書き付けられ、朝廷に対する国魂奉献の「安積山の歌」とともに「歌の父母」のように尊ばれて歌を「手習ふ人」が最初に習うことさえしたのであった。

また渡瀬は同書で神話のコノハナノサクヤビメの名と歌木簡の伝承歌は「「木の花」と「咲くや」とを共有しており、両者が無関係であるはずはない」と述べた上で、『古事記』の天孫降臨神話を取り上げる（渡瀬、二〇一二、三四〇）。

この日向三代の「日子」の神話の中心は、天孫と「木の花の咲くや姫」との結婚によって、稲穂の穀霊ホホデミが現世に誕生し地上の支配者となる（天皇と同じように在宮年数と「御陵」とがしるされる）物語である。「木の花の咲くや姫」は、一般的には美人の形容でも、開花の神格化でもありえようが、この神話においては、何よりも穀霊ホホデミ（神武天皇の祖父）を生む母神であって、稲作とかかわり深く、天皇の出現を準備する女神なのである。

一方、「難波津の歌」の「咲くや木の花」は、伝承と考古学的知見とによれば、仁徳天皇の即位を促した初春の「木の花」であり、天武朝ごろの飛鳥の苑池周辺に植栽されており、弥生時代に稲作とともに渡来した果樹の梅の花であった。

両者ともに稲作と天皇即位とに深くかかわる「木の花」である。どちらも梅を中心とする初春の花なのではなかろうか。

コノハナノサクヤビメは前述のように稲作に関わり、新嘗を行った。彼女は隼人の火山の女神であると同時に、渡瀬の述べる「天皇の出現を準備する神」である。そして、「難波津の歌」は弟皇子と皇位を譲り合い、なかなか即位しなかった仁徳天皇の即位の際に百済から招いた学者の王仁《わに》が詠んで奉った歌である、と『古今和歌集』の仮名序の古注にある。聖帝と称えられた仁徳天皇の即位は、難波津の今まさに開花する梅の花に事寄せて祝福された。その祝福の歌は、和歌史において重要視されると同時に、人口に膾炙《かいしゃ》し、多くの人々に愛されたのである。

その「難波津の歌」がコノハナノサクヤビメの名の一部の「咲くやこの花」を二回繰り返しているのである。同じ詞句を繰り返すのは謡いものの特徴であり、この歌が儀式や典礼で詠唱されていたこととも関わっている。またこの歌においては、万葉人に愛されていた香高い梅の花と天皇家の母神が二重写しにされている。

また「このはなのサクヤビメ（梅の花のサクヤ姫）」と「なよたけのカグヤヒメ（女竹のカグヤヒメ）」は渡瀬昌忠の御教示によると、同じ語構成を持つ。すなわち、ヤは共に間投助詞である。そして、「梅の花」と「竹の林」は『万葉集』ではともにウグイスの鳴く場所として歌われている（巻五―八二四）。『万葉集』八二四は、七三〇年（天平二）の大伴旅人の大宰府の梅の宴における少監《せうげん》阿氏奥島《あじのおきしま》の歌で、次のようになっている。

梅《うめ》の花《はな》　散《ち》らまく惜《を》しみ　我《わ》が園《その》の　竹《たけ》の林《はやし》に　うぐひす鳴《な》くも
（梅の花の散るのを惜しんで、この我らが園の竹の林で、ウグイスがしきりに鳴いている）

また、大伴家持は七五三年（天平勝宝五）の正月十一日の大雪の日に竹の林とウグイスの歌（巻十九―四二八六）を詠んでいる。

御園生《みそのふ》の　竹《たけ》の林《はやし》に　うぐひすは　しば鳴《な》きにしを　雪《ゆき》は降《ふ》りつつ
（御苑の竹の林で、ウグイスはひっきりなしに鳴いていたのに、雪はなおも降り続いていて）

伊藤博は「これは前歌の「大宮の内にも外にも」を「御園生の竹の林」に絞りながら、新たに鶯という景物を持ち出すことによって、春の自然と冬の自然との交錯に感慨をこめた歌と読める」と述べる（伊藤、二〇〇五（一〇）、三二五）。

また作者を記さない巻十―一八三〇には「うち靡《なび》く　春《はる》さり来《く》れば　小竹《しの》の末《うれ》に　尾羽《をはう》打ち触《ふ》れて　うぐひす鳴《な》くも」（草木の靡く春がやって来たので、篠の梢に尾羽を打ち触れて、ウグイスがしきりにさえずっている）とある。細く群生する小竹の梢に見え隠れするウグイスの尾羽とさえずりが印象深い。

ウグイスは『万葉集』に全部で五十一例あり、春を代表する鳥として歌われている。そして初春を代表する花、梅と共に歌われることが多い。ウグイスと共に歌われるものの内訳は、梅（十一例）・春の山（九例）・春の野（七例）・春というウグイスの去来する季節（四例）・花（四例、山吹二例、春の花一例、卯の花一例）・竹（三例）・庭（三例）・柳（二例）・木（二例）・托卵《たくらん》（二例）、以下は一例ずつで萩の古枝・谷・夏となっている。托卵とは、ウグイスの巣にホトトギスが卵を生み、ウグイスが自分と似ても似つかない大きなホトトギスの雛に給餌する習性を歌ったものである。夏のウグイスとは、季節外れに鳴くウグイスを示す。

梅とウグイスの歌には次のようなものがある。

巻五—八二七（七三〇年の大伴旅人の大宰府の梅の宴の歌、少典山氏若麻呂《せうてんさんじのわかまろ》）

春《はる》されば　木末隠《こぬれがく》りて　うぐひすぞ　鳴《な》きて去《い》ぬなる　梅《うめ》が下枝《しづえ》に

（春がやってくると、梢がくれにウグイスが鳴いて飛び移っていく。枝の下枝あたりに）

巻十—一八二〇（作者名を記さない）

梅《うめ》の花　咲《さ》ける岡辺《おかへ》に　家居《いへを》れば　乏《とも》しくもあらず　うぐひすの声《こゑ》

（梅の花の咲いている岡のほとりに家を構えて住んでいると、ふんだんに聞こえてくる。ウグイスの声が）

このようにウグイスは梅と共に歌われることが多いが、竹と共に歌われることもある。「このはな」と「なよたけ」は梅と竹であり、春を告げる鳥のウグイスが去来する植物である。

このウグイスは、昔話の世界に登場する。古川のり子はウグイスが登場する「ウグイスの里」や「見るなの座敷」では「若者が山奥のウグイスのすみかを訪れてもてなされるが、禁止されていた部屋のなかをみたためにウグイスとその家は消え去ってしまう」と話が展開することを語る。そして「ウグイス＝女には食糧生産の主、季節の主としての性質」が認められるとし、彼女と山の神との同一性を指摘している。同書では「里に来て春の訪れを告げるウグイスは、ちょうどこの時期に里に降りてきて田の神になると信じられていた山の神と重ね合わされたのだろう」という先学の説が紹介される（古川、二〇一六、二二三）。

ウグイス

またウグイスとホトトギスが登場する昔話において、美しい哀れな被害者のウグイスと、醜く貪欲なホトトギスの兄弟が描かれるが、古川は、この鳥達が実は山の神の二つの側面を表象している、と述べる。前述のようにウグイスはホトトギスの托卵によってホトトギスの雛を育てる。鳥の習性から、ウグイスとホトトギスが実際に兄弟同様であることも古川は指摘している。そして山の神の二つの側面は記紀神話の山の神の娘達、すなわちコノハナノサクヤビメとイハナガヒメの姉妹に表現されている、と古川は前掲のように述べる（吉田・古川、一九九六、二一五〜二一六）。

つまり、子を産む若く美しい女神と、死をもたらす醜く恐ろしい女神という姉妹は一見正反対だが、豊饒と死を共にもたらす山の神の二つの性格を姉妹が分け持っている、というのである。

昔話の世界にあっては、コノハナノサクヤビメはウグイスと、イハナガヒメはホトトギスと対応しているのである。

ウグイスがコノハナノサクヤビメの昔話における末裔である、ということを知ると、春を告げるウグイスと梅の強い結びつきに単なる初春の景物以上の意味があることがわかる。そのウグイスは『万葉集』で竹林にも去来する。このウグイスと竹の組み合わせにはまた、別の意義がある。『日本伝奇伝説大事典』には、「中古では竹の中から発見された「カグヤヒメ」が、中世になるとウグイスの卵から生まれて「ウグイス姫」ともよばれる話も現れ、姫の本性を鳥類と見なす説話の存在したことを示す。ただし、これらが異伝なのか、伝承過程での変改なのか明かでない」という記載がある（乾他、一九八六、二三六）。また、『海道記』や『古今和歌集序聞書　三流抄』、そして『古今和歌集大江広貞注』の説話例が紹介されている。中世の説話では竹取の翁の竹林にウグイスの卵があり、その卵が孵って美しいカグヤヒメになった、と語られることがある、というのである。

鴨長明《かものちようめい》の書いた紀行文、『海道記』の中のカグヤヒメ誕生の記述は次のようになっている（網野他、一九八九、三二〇）。

昔採竹翁といふ者ありけり。女《むすめ》をかぐや姫といふ。翁が家の竹林に、鶯の卵、女形にかへりて巣の中にあり。翁、養ひて子とせり。人となりて顔よきことたぐひなし。光ありて傍を照らす。

『海道記』によると、カグヤヒメは竹取翁の竹林のウグイスの卵から誕生し、ウグイスの巣にいたところ、翁に引き取られる。その物語の展開は『竹取物語』とそれほど変わらない。『海道記』の美しいカグヤヒメは「光ありて傍を照らす」。光を放つカグヤヒメはここでは竹林でウグイスの卵から孵ったウグイスの子である。

以上述べてきた「咲くやこの花」と「竹やなよ竹」の要素は次のようになっている。

「咲くやこの花」

コノハナノサクヤビメ・梅の花・ウグイスはコノハナノサクヤビメの昔話的末裔

「竹やなよ竹」

カグヤヒメ・女竹・カグヤヒメは竹林のウグイスの卵から生まれることがある

このように「咲くやこの花」と「竹やなよ竹」はウグイスを間に置くと強い対応を示している。

勿論、神話や歌、そして物語や昔話は文学的にジャンルが異なり、時代差もある。しかし、竹林のウグイスの卵からカグヤヒメが生まれる、という物語は、コノハナノサクヤビメの昔話的末裔のウグイスの子がカグヤヒメであることを示す、とはいえるだろう。

天女と言ってもいいカグヤヒメは、人間にはない天人の属性がある。羽衣をまとう天人の属性を飛翔能力とみなし、それが霊的な鳥と結び付くのはよく理解できる。その鳥がウグイスであることは、「咲くやこの花」と「竹やなよ竹」の、梅と竹に去来して春を告げる鳥であり豊饒を司る女神のイメージが、時代や文学ジャンルを越え、日本人の心に強く働きかけていることを示している。

『万葉集』の、梅にウグイス、竹にウグイスは、春の訪れを表現する歌にふさわい題材である。それと同時に、コノハナノサクヤビメとカグヤヒメの対応、そしてウグイスの子のカグヤヒメの物語、またコノハナノサクヤビメの昔話的末裔がウグイスであることなど、後代の豊かな物語の源泉でもある。

富士山

『竹取物語』の終りの場面では、昇天したカグヤヒメが天皇に奉った手紙と不死の薬の壺が天に最も近い山、富士山の山頂で焼き上げられる。「その煙、いまだ雲の中へたち上るとぞ云ひ伝へたる」で物語は終わる。この富士山のエピソードを保立は細かく分析する。

まず、富士に向かった勅使の「つきのいわかさ」の名前のうち、「つき」は「調」、「いわ」は「磐」であり磐座の観念が反映している、とする。そして「かさ」は『竹取物語』の原話の一つ、『漢武帝内伝』で武帝が西王母の来臨を願ったとされる河南省の霊山「嵩山」の「嵩」である、とする。保立は富士山での不死の薬の焼き上げが、漢武帝の行なった西王母降臨を祈禱する祭祀に対応するものであったとし、天皇が調磐嵩《つきのいわかき》に対して「峰にてすべき様」を直接教えたということも、同じように、天皇がカグヤヒメを祭る行為であったことになる、と述べる。

保立は、富士山の煙が燃えている限り、煙の向こうに祭られるべきカグヤヒメがいると考えられていた、と述べる。当時、実際に富士には天女がいると考えられており、都良香《みやこのよしか》という九世紀の文人の書いた『富士山記』によれば、富士山は「神仙の遊萃《ゆうすい》する（遊び集まる）ところ」として有名で、八七五年の富士山の祭礼の時には遠く頂の上、「一尺余り」に白衣の美女二人があらわれて舞い戯れるのを多くの人が目撃した、という。そして、保立は、富士山の噴火口の湯地獄のそばには神池があり、そのまわりは「竹」が生えた緑の湿原になっており、「富士山を仰ぎ見る人々は、この竹林の上を飛翔する白衣の天女を幻視していたのである」と述べる（保立、二〇一〇、一九八～二〇〇）。

浅間神社（埼玉県宮代町、筆者撮影）

保立は、富士に神仙が集まり天女が舞うという話題が九世紀にさかんにもてはやされていたことを指摘し、富士山の竹林の上に飛翔する仙女はカグヤヒメではないか、と述べる。九世紀は知られている限り最も富士山の噴火活動が激しく、八六四年（貞観六）の大噴火では溶岩流が北部に流れ、従来の景観を大きく変えた。その翌年、富士山を眺めた人々がそこに石で構築された神殿を発見した、と保立は指摘する。

彼らが幻視したものは「正中最頂に社宮を飾り造り、垣、四隅にありて丹青の石をもって立つ。その四面、石は、高さ一丈八尺ばかり、広さ三尺、厚さ一尺余なり、立石の門は相去ること一尺、中に一重の高閣あり。石をもって構営し、彩色美麗にして勝言すべからず」といわれており、この周垣・石門・高閣の様子が本書冒頭で触れた大噴火の後の伊豆神津島の風景と変わらないことを保立は指摘する。そして『富士山記』のいう白衣の天女の舞は、貞観の大噴火から約十年後のことであり、富士山に遊ぶ神仙・女神は、この宏壮な石の宮殿に住む、この時代でもっとも活動的で力強い神々であったと考えなければならない、と述べる。保立は火山の女神、カグヤヒメを祭る煙が富士山山頂から天に上げられたのは必然的であり、カグヤヒメは火山の神だった、と結論付ける（保立、二〇一〇、二〇一一〜二〇一二）。

富士山の女神といえば、現代ではコノハナノサクヤビメである。コノハナノサクヤビメは記紀で火中出産をしたため、富士山を祭る浅間神社（アサマとは噴火の意味）の祭神になった、と『国史辞典』等は述べる。コノハナノサクヤビメが祭神として定着した時期はわからない。ただ、隼人の竹と火山の女神が日本を代表する霊峰の祭神であることは注目に値する。

日向出身の皇妃

景行天皇、応神天皇、仁徳天皇は日向から妃を迎えた。平林章仁は「『記』・『紀』において、僻遠の地と見られた日向からキサキを迎えているのは、景行・応神・仁徳の三天皇のみであり、事実関係は別にしても、これは異例のことといえる」と述べる。また、景行天皇が日向を巡幸し、在地の有力者と様々な交渉を持ち、その娘を妃として子をもうけたことを指摘する（平林、二〇一五、一七三〜一八〇)。

平林はまた、日向諸県《もろがた》地域の諸県君氏に代表される集団が、大和王権と政治的関係を結んだことを契機に、それを記念、象徴する楽舞として宮中で演じ、伝習されてきた諸県舞《もろがたのまい》の存在を指摘する。平林は「諸県地域の勢力が大和王権と関係を結んだ確かな所伝は、諸県君牛による髪長媛の貢上以外には存在しない。応神・仁徳天皇にかけて語られるその出来事は、諸県舞の実演とともに、宮廷で印象深く語り伝えられてきたに違いない」と述べる(平林、二〇一五、一九〇)。

なお、森浩一は「髪長媛のことで考古学的に重要なのは、日向の出自ということである」とし、「宮崎県と大阪府には、中期の前方後円墳の形に類似する場合があって、それらの年代が五世紀代ということもあり、日向から妃が出たという伝承との関連がうかんでくる」と述べる(森、二〇〇〇、二一七)。

そして森は、宮崎県の諸県君氏の奥津城と考えられている西都原《さいとばる》古墳群の男狭穂《をさほ》塚古墳と女狭《めさ》穂《ほ》塚古墳の、とくに女狭穂塚古墳が「髪長媛を考えるうえで問題となるのである」とし(森、二〇〇〇、二一八)、先学に拠って、次のように述べる(森、二〇〇〇、二二二〜二二四)。

それによると、微細な違いを別にして、堺市の百舌鳥古墳群の二番めの巨大前方後円墳である百舌鳥陵山《みささぎやま》を、後円部といい、前方部といい、その形をきちんと二分の一にしたものがメサホ塚である。後円部も前方部も、その形を正確に二分の一にしているのだから、古墳時代の土木技術の高さには驚くほかない。このことは、当時すでにいく通りもの古墳の設計図があったと考えざるをえないことと、その設計図にもとづいて古墳の施工のできる技術集団（土師氏）がいたことなどが、頭に浮かぶ。

百舌鳥陵山古墳は、オホサザキ（仁徳天皇）の子のイザホ別（履中《りちゅう》天皇）の墓に宮内庁は指定しているが、いわゆる百舌鳥三陵のうちでは、現仁徳陵（考古学的には大山古墳）より古く、もし記紀での伝承どおりに、百舌鳥野に三陵があるのであれば、百舌鳥陵山古墳が仁徳陵ということも考えねばならない。だから、百舌鳥陵山古墳とメサホ塚を、同じ設計図で造営したことの背景には、それぞれの被葬者が、生前何らかの深い関係にあったことを示唆している。

続いて森は、男狭穂塚古墳の後円部の直径が河内の誉田山《こんだやま》古墳の後円部の二分の一とみる見解があることを指摘する。そして、「応神陵の可能性の高い誉田山古墳、応神の次にくる仁徳陵の可能性のある百舌鳥陵山古墳のそれぞれ二分の一で造営されたのが、西都原古墳群で接近して構築されているヲサホ塚とメサホ塚であることは、見逃せない事実である」と述べ、さらに次のような指摘をする。

このことは、もちろん断定はできないけれども、『紀』が述べているホムタ別と息子のオホサザキが、諸県君牛とその娘の髪長媛とのあいだで展開した事件とかかわりがあるのではないかを思わせる。この視点でみると、西都原にはじめてあらわれる巨大古墳としてのヲサホ塚は諸県君牛の墓であり、たんに娘を妃にだしたから河内の造墓技術で大古墳の造営ができたというだけでなく、ホムタ別の東進にさいして重要な役割をになったがゆえに、このような造墓が実現したのではないかという推測も生じてくる。

平林と森の指摘から、景行・応神・仁徳の三天皇が日向出身のキサキを迎え入れていること、日向出身の皇妃の子の中には皇后になる者がいたこと、景行天皇は自らが日向の地に赴いたとされること、諸県君氏と天皇に幾度か交渉があったと考えられること、西都原古墳群の女狭穂塚古墳と男狭穂塚古墳が河内の巨大古墳と同じ造墓技術で造営されていること、などがわかる。

諸県君氏と大和政権の関係が具体的にいかなるものだったかは、わからない。しかし、日向出身の女性は実在の天皇や皇子の皇妃となった。記紀に面影を伝える豊かな髪の日向の美貌の女性達は、隼人、そして熊襲の長の娘達であり、女神コノハナノサクヤビメの地上の末裔である。日向出身の実在の皇妃達の伝承が諸県舞と共に宮廷に長く伝えられ、やがてその美貌の皇妃達の記憶がコノハナノサクヤビメの神話の形成に投影された可能性を、筆者は考える。

隼人と狗吠え

隼人がなぜ隼の字で表現されるかを、『日本書紀（二）』の注釈は「隼は音シュン。ハヤブサをいう。ハヤブサは鷙鷹目わしたか科の猛禽。原野・水辺などに住み、非常に敏捷で小鳥などを捕らえて食う。九州南部に住んでいた住民が敏捷なので、このハヤブサにちなんで隼人と名づけたものであろう」とする（坂本他校注、一九九四、一七九）。

隼から想起されるのは、仁徳天皇の異母兄弟、隼別皇子の名である。紀は仁徳天皇が異母妹の雌鳥《めとりの》皇女を妃にしようと隼別皇子《はやぶさわけのみこ》を使いとしたが、隼別皇子は雌鳥皇女を娶り、天皇に復命しなかった、と語る。雌鳥皇女の寝室を訪ねた天皇は、皇女のために機《はた》を織る女達の歌の「ひさかたの　天金機《あめかなばた》　雌鳥が　織る金機　隼別の　御襲料《みおすひがね》」（空を飛ぶ雌鳥が織る金機は、隼別の王のお召物の用意です）から二人の仲を知ったが、事情を慮り罪は問わなかった。

しかし、隼別皇子が雌鳥皇女の膝を枕にしていた時、「鷦鷯《さざき》［筆者注――ミソサザイ。仁徳天皇のこと］と隼といずれが速いか」と言ったところ、雌鳥は「隼が速いです」と言う。隼別は「これは私が先立てるところだ」と言った。天皇はこの言葉を聞き、更に恨みに思った。この時に隼別皇子の舎人達は「隼は　天に上り　飛び翔《かけ》り　斎《いつき》が上の　鷦鷯《さざき》取らさね」（隼は天に上って飛びかけり、斎場のあたりにいるサザキをお取りなさい）と歌い、この歌を聞いた天皇を激怒させる。そして天皇は逃亡した二人に追手をさし向け、殺害するのである。

この話はサザキとハヤブサが雌鳥を争い、ハヤブサが一時は勝利するが、結局サザキに殺されるという鳥物語の体裁をなす。このことを古川のり子は夙に指摘している（古川、一九九三）。隼別はハヤブサらしく敏捷に動いたことにより、サザキに一旦は勝ち、雌鳥をわがものとする。しかし、無考えな隼別は自分と舎人達の失言により、雌鳥と共に自滅する。この隼別皇子のあり方は隼人の祖のホノスセ（ソ）リと無関係ではない。共に天皇家の祖神の兄弟、あるいは天皇の兄弟でありながら、奉るべき兄弟を貶め、手痛い目にあう。高貴な出自と無考えな行動、そして敏捷な運動能力を持つ者が隼と名付けられた可能性を筆者は考える。

隼人は儀式の際に俗に「狗吠」と称される特殊な声を発する。高林實結樹は狗吠について細かく分析している。高林は『延喜式』の隼人司式に元日・即位、及び践祚大嘗の大儀において、群官が宮門を初めて入る時「今来隼人が吠声を発する」として発声に関する規定が記されていること、正月十五日の御薪調進の時には「発声一節」とあること、遠方への行幸に際しては「其駕が国界及び山川道路の曲りを経る」及び「宿を経る」に当たって吠声を発すべく規定されていることを指摘する。そして「惣大声十遍、小声一遍、訖一人更に発する細声二遍」と発声上の細則も規定されている、と述べる。高林はまた、公卿の残した記録の中の断片的な隼人の狗吠への言及を辿り、狗吠の制度は鎌倉時代の初期に中絶し、一三三七年（建武四）には復活しているが、室町時代前期には廃絶したと考えられる、と述べる（高林、一九七七、三二〜三三）。

隼人の狗吠についての最古の記録は紀第十段一書二である。前述のようにコノハナノサクヤビメと天孫ホノニニギの子、兄のホノスセリは海の幸を得る者、弟のヒコホホデミは山の幸を得る者だった。兄弟はおのおのの幸を交換しようとし、兄の釣鉤《ち》（釣針）を弟が、弟の弓箭《ゆみや》（弓矢）を兄が持ち、兄は獣を狩りに、弟は魚を釣りに行ったが、どちらも獲物はなく、兄が弓箭を弟に返し、釣鉤を要求したところ、弟は釣鉤を失くしていた。兄に責められた弟は塩土老翁の助力で海神国に至り、海神の娘と結ばれる。そして地上へ還る際、海神はヒコホホデミに釣鉤に副《そ》えて潮溢瓊《しほみちのたま》と潮涸瓊《しほひのたま》を奉り、兄に釣鉤を返す際、貧鉤《まぢち》、滅鉤《ほろびち》、落薄鉤《おとろへち》と称し、後ろ手で投げ棄て、兄が怒って害意を持ったら潮溢瓊を出して溺らせ、助けを乞うたら潮涸瓊で救え、そのようにしたら自ずから臣従するだろう、と言う。

ヒコホホデミは地上へ戻り、海神の指示通りにしたところ、兄は潮溢瓊によって潮が満ちて逃げ場がなくなり過《あやま》ちを認めて弟に臣従することを誓う。紀第十段一書の二の兄の言葉の中に、「今より先、自分の子孫達は恒に弟の俳人《わざひと》、あるいは狗人《いぬびと》となろう、哀れみ賜え」とある。弟は潮涸瓊によって潮をひかせ、兄は弟に「神《あや》しき徳《いきほひ》」、つまり海神の持つ呪力が具わっているのを知り、弟に従った。そしてホノスセリの子孫は天皇の宮墻《みかき》のもとを離れず代々吠える狗としてお仕えした、とある。

『万葉集』では隼人は「はやひと」であり、三首の歌に歌われる。巻三―二四八は九州に遣わされた長田王《ながたのおほきみ》の「隼人《はやひと》の　薩摩《さつま》の瀬戸《せと》を　雲居《くもゐ》なす　遠《とほ》くも我《わ》れは　今日見《けふみ》つるかも」（あの隼人の住む薩摩の瀬戸よ、その瀬戸を、空のかなたの雲のように、遠くはるかにではあるが、今日初めてこの目で見ることができたぞ）という歌である。八代海《やつしろかい》と東シナ海を繋ぐ海峡「薩摩の瀬戸」である「黒之瀬戸」は長島と阿久根市の間の航海上の難所として知られていた。長田王は隼人の住む薩摩に思いを馳せつつ瀬戸を望見したのである。

また、巻六―九六〇は大伴旅人が吉野の離宮を旅先の九州でしのんで作った「隼人《はやひと》の　瀬戸《せと》の　巌《いはほ》も　鮎走《あゆはし》る　吉野《よしの》の滝《たき》に　なほ及《し》かずけり」（隼人の瀬戸の、白波にくだける大岩の光景も、鮎が身を躍らせて走る吉野の激流のさわやかさには、やっぱり及びはしない）という歌である。この歌の前の九五七から九五九は旅人を含む大宰府の官人達が福岡の香椎宮《かしいぐう》を参拝した時の歌で、九六一は旅人が大宰府に近い次田《すきた》温泉で宿り、歌った歌である。

伊藤博は九六〇の「隼人の瀬戸」について「どこであるのか、厳密には確かでないのが惜しい」と述べる（伊藤、二〇〇五（三）、三三七）。大伴旅人は隼人の反乱の際、征隼人持節大将軍に任命され、反乱鎮圧のために兵を率い、実際に隼人の地を踏んでいる。大宰帥となった旅人が、長田王が望見した隼人の瀬戸の激流を想起し、吉野離宮の滝と重ね合わせて歌った可能性はあるだろう。

また隼人の声が歌われているのは作者名を記さない巻十一―二四九七の「隼人《はやひと》の　名負《なお》ふ夜声《よごゑ》の　いちしろく　我《わ》が名《な》は告《の》りつ　妻《つま》と頼《たの》ませ」（隼人の名だたる夜警の声、その大きな声のように、はっきりと私の名は申しました。この上は、私を妻として頼みにして下さいませ）である。隼人が宮廷の夜の警備において特徴的な声を発しているように、女は名をはっきりと男に明かした。男が女に名を問うのは求婚の意味がある。かつて、名は女の魂と結び付いているとされ、女の名を知るのは実親だけだった。女が男に名を告げるのは求婚に応じたことを意味する。女が求婚に応じて男に名を告げる譬えが、隼人の夜警の声なのである。

また隼人の犬吠えに関連するが、犬の用例は『万葉集』に三例ある。巻五―八八六には、肥後の益城《ましき》の人、大伴君熊凝《おほとものきみくまごり》が都に上る途中で病になり、安芸の国の佐伯の郡《こほり》の高庭《たかには》の駅家《うまや》で亡くなったことをふまえ、死者の気持ちになって山上憶良が作った長歌の終わりに「犬《いぬ》じもの　道《みち》に伏《ふ》してや　命《いのち》過《す》ぎなむ」（まるで犬ころのように道ばたに行き倒れになって、私は命を終えるというのか）とある。巻七―一二八九には作者を記さない歌、「垣越《かきご》しに　犬呼《いぬよ》び越《こ》して　鳥猟《とがり》する君《きみ》　青《あを》山《やま》の　茂《しげ》き山辺《やまへ》に　馬休《うまやす》め君《きみ》」（垣根の外から犬を呼び返して、まだ鷹猟《たかがり》をお続けになる旦那さん。まあ、そうせかせかされず、青山の葉の茂ったこの山辺で馬をお休めになりなさいよ、旦那さん）があり、犬が鷹狩の供だったことがわかる。また巻十三―三二七八は作者名を記さない女の長歌で、その終わりに「床敷《とこし》きて　我《あ》が待《ま》つ君《きみ》を　犬《いぬ》な吠《ほ》えそね」（着物を敷いて私がお越しを待っているあの方なのだから、犬よ、やたらに吠えないでおくれ）とある。
犬は万葉時代の人々にとって身近な存在で、家の近くにおり、狩猟の供をする場合もあった。また犬の死骸を路上で見ることもあったようである。なお『万葉集』には犬と隼人が直接関係する用例は見られない。

隼人は狗（犬）の属性を以て天皇に仕えた。昔話の桃太郎の従者の犬を多角的に分析した古川のり子は「犬は、あの世とこの世の境界にあって、そこを通る人を導く。かつて朝廷に仕えた隼人たちは、天皇の行幸に同行し、国境や山川道路の曲がり角などで「犬の吠え声」を発したとされている。これも、そのような危険な境界領域における犬の「仲介の力」を期待するものだと思われる」（古川、二〇一六、一六）と述べる。この古川の指摘から、犬は飼い馴らされて人の側にはいるが、境界領域を越えた危険な世界の消息も知っており、だからこそ仲介の力を発したことがわかる。しかし、天孫の子であり、天皇家の直接の祖と血を分けたホノスセリという高貴な祖を持つ隼人が狗吠えを以て天皇に仕える、というのは一見、矛盾をはらむ。

馴化《じゅんか》されても野生の狼の出自を宿す犬にしか出せない霊妙なよく通る声は、危険領域に蠢《うごめ》く悪意を持つものを震撼《しんかん》させる。隼人はそのような声を操ることができる。このような声の持ち主は、不可視の魔を祓うことを職掌とするシャーマンでもある。またホノスセリは、子孫は俳人、ある

鹿児島県霧島市の隼人塚（筆者撮影）

いは狗人として天皇家に仕える、と述べた。俳人は演技をする人であろうが、別の人格や神を演じるのであり、シャーマン性を持つ。ホノスセリは吾田君《あたのきみ》小橋《をばしら》等の祖、すなわち阿多隼人の祖となった。

出自が高く、敏捷で行動力はあるが思慮が浅い隼別皇子と隼の文字を分けあう隼人は、王権のごく近くにおり、シャーマン的な能力で王権を守護した。また、隼人出身の女性が天皇の子を産む場合もあった。このような隼人のあり方は、隼人が王権にとってなくてはならない存在であることを示唆する。

隼人の女神でもあるコノハナノサクヤビメは王権神話で大きな存在価値を持っている。少数の文献資料では計れない隼人の活動範囲は、海人として日本列島はもとより東アジアの海域にも及んでいたのではないか。また、大和政権が日本列島の中で大きな政治権力を握っていたにしても、地方には完全には服従しない勢力が数多く存在したはずである。隼人の諸勢力も一元化されていたわけではなく、畿内に移住させられ朝廷から特別な任務を与えられた集団、九州でまつろわぬ民となり、度々征討の対象になった集団、竹細工を行ない続け、その生業ゆえに卑賤視された集団など、後代、様々な展開を見せる。
南九州の隼人の女神、「火山と竹の女神」は地上における天皇家の母神である。コノハナノサクヤビメなくして地上の皇統は存在しない。その畿内の遠い末裔の一人は、物語の祖『竹取物語』のカグヤヒメなのである。

美しき女神

隼人の女神であり、地上の天皇家の原点であったコノハナノサクヤビメは、そのたおやかで美しい名とは裏腹の、猛々しい大地の煮え滾《たぎ》るエネルギーを体現した火山の神という側面を持っている。コノハナノサクヤビメとその子神達の神話は、まさに隼人世界で展開される隼人の神話でもある。

記紀神話でのコノハナノサクヤビメ周辺の神話の隼人のあり方は、隼人的なもの抜きでは天皇家が成立しなかったことを思わせる。高天原から降臨し支配体系を構築したのは天の系譜を継ぐ神であるのは自明のことだが、そこに隼人世界の「火山と竹の女神」と子神達、そして隼人世界からしか行けない海神国の女神達と子神達が加わらなければ、地上を名実ともに支配する天皇家は成立し得なかった。

そのような「火山と竹の女神」の畿内における一つの遠い末裔はカグヤヒメであろう。カグヤヒメの物語に隼人の人々が畿内に持ち伝えた伝承が反映しているとしても、その具体的な成立過程を辿ることは難しい。しかし、コノハナノサクヤビメの神話は王権の成立に隼人集団の強力な寄与があったことを思わせる。そして隼人の「火山と竹の女神」の伝承が実際の火山の噴火とあいまって平安時代初期の人々の念頭にあり、それが物語の体裁はとっているが極めて神話的な『竹取物語』のカグヤヒメのあり方に反映している、と考える。

日本列島の大地が地震、津波、噴火などの激甚災害で揺れ動いていた時代、『竹取物語』は成立した。前代の猛々しく美しい隼人の「火山と竹の女神」コノハナノサクヤビメと、その風貌を留める光の精、そして竹の精であるカグヤヒメは美しい。猛々しい本性を持つ故に、なお彼女達は美しい。

海人考

海人《あま》と呼ばれる人々がいる。彼らは漁撈や交易に従事し、記紀や『風土記』の神話、万葉などの歌の世界、あるいは後代の歴史資料にその活動が断片的に記される。支配階層に使役される側であった彼らは、自らの足跡を声高に主張することはなかった。しかし、彼らの活躍なくして日本の社会、経済、文化が形作られることはなかった。ここでは、神話世界はじめ様々な資史料に断片的に登場する海人の足跡をたどり、海人のダイナミックな活躍を粗描する。

縄文と弥生、東と西

現在の年代研究の学問的成果は、弥生時代の始まりが紀元前十世紀まで遡る可能性を示した(国立歴史民俗博物館編、二〇〇七)。九州北部に最初の水田が出現し、約一世紀を過ぎた頃、福岡の板付《いたづけ》遺跡で、最初の本格的な弥生文化が誕生した。その弥生文化独自の文様の中に、縄文時代晩期の東北地方から伝わったものが存在することが明らかになった。

国立歴史民俗博物館編の『弥生はいつから⁉︎――年代研究の最前線』は「土器の分析から、東北地方の縄文人が九州にまでやってきて、地元の土器製作者に東北地方の縄文文様(大洞式と呼ばれる土器の文様）を伝えたことがわかっています」と記す。そして、前八〇〇年頃の西日本出土の東日本系土器の分布図を示し、「こうした華麗な文様をもつ東北の縄文土器などは、九州北部で最初の本格的な弥生文化が誕生する時期に限って、奄美大島から九州、中国・四国といった西日本の広い地域から出土します。こうした土器の行方から、弥生文化の成立に東北縄文人が深くかかわっていたことがわかります」と記す（国立歴史民俗博物館編、二〇〇七、六九）。

また、弥生前期、福岡の遠賀川《おんがかわ》河床から見つかった土器を指標とする遠賀川式土器は、東日本の土器文化にも強い影響を与えたことが知られる。前掲書は遠賀川式土器の技術を学んだ土器が丹後地方を経て日本海伝いに東北地方へ伝えられたことを記す。そして「弥生前期には、東北地方の方が、関東地方よりも西日本の稲作文化を吸収しようという熱意がつよかったようです。それは、弥生時代が始まるころ、九州北部に現れたのが、東北地方の土器であったことと関係があるのかもしれません」と記す。同書は「東日本における遠賀川系土器〔筆者注――遠賀川式土器の技術を学んで地元でつくった土器〕の分布」を図示し、「遠賀川系土器は海路と陸路を通じて東へ拡散した」と説明する（国立歴史民俗博物館編、二〇〇七、七二）。

これら、縄文と弥生、東と西の遠方の交流を可能にしたのは陸路というより、海路による移動手段が確立していたからであろう。寺村光晴は遠賀川系土器の出土が山陰地方に主体があり、それ以東の地域は希薄であることと山陰地方の玉作り遺跡の深い関係を読み取る（寺村、一九九〇）。

玉作り遺跡とは、碧玉《へきぎょく》や翡翠《ひすい》の原石を磨き、穴をあけ、玉に加工した遺跡である。

寺村は、玉作り遺跡及び関係遺物出土遺跡が海岸砂丘の内陸側の地に求められ、遺跡相互の距離がおよそ三十～四十キロメートルで、その距離がミナト（水上航行における基地）の間隔を示唆しており、この距離は沿岸航行における一日行程の単位距離だった可能性がある、と述べる。寺村は「これらの遺跡は、周辺の遺跡に比して玉作のセンター的遺跡で、自給生産以上の生産を実施していることを考えれば、たんにミナトとしてだけではなく、海上航行における要衝であるとともに、政治・経済上の核としての意味をももっていた可能性が強い」と指摘する。

寺村はまた、一九八七年に津軽平野の弘前市砂沢遺跡で東北地方で最も古い水田跡が発掘され、遠賀川系土器をともなっていたことを指摘する。そして、弥生時代前期にはすでに本州最北の津軽平野で水田が営まれていたこと、稲作農耕は北九州地方とそれほど時間的な差がなく東北地方にもたらされたことを指摘し、遠賀川系土器に代表される北九州地方の初期弥生文化は、太平洋側よりも日本海側を急速に東北進したものと考えられているが、玉作りがともなったか否か、現在のところ明らかではない、と述べる。

寺村は、弥生時代前期末頃から中期に至ると北陸地方に玉作り遺跡が出現し、盛行してくることを指摘し、同じ時期に攻玉技術（玉に穴をあける技術）に変革があり、爆発的な生産の体制に入ったものと推察され、このときに出現したのが佐渡島の玉作り集団である、と述べる。

寺村は、佐渡島の玉作り遺跡が弥生時代の終末に急激に衰退し、消滅してしまうことには強い外的要因があったと推測する。そして、佐渡島を除く北陸・山陰地方に新たな攻玉技法をもつ古墳時代の玉作り遺跡が出現してくることは、政治的・軍事的変動の急速かつ直接的波及の結果である蓋然性が大であり、この時期を三世紀中葉以降とする。寺村は、その時期の佐渡島の玉作り遺跡の衰退は、佐渡島のみならず日本海における海上交通の衰退をも意味しており、「佐渡島玉作集団の盛行と消滅に象徴される栄光と衰退は、そのまま、当時の日本海の栄光と衰退を反映したものである、といってもよかろう」と結論付ける（寺村、一九九〇、一五三～一五七）。

寺村の指摘の中で興味深いのは、佐渡島の玉作り集団の消滅後に新たな攻玉技法を持つ遺跡が出現してくることが、政治的・軍事的変動の波及とする点である。このことは、玉作りと玉の流通を支えた日本海交通の主要な担い手であり、海運を握っていた権力者が、急速な政治的・軍事的変動に巻き込まれ、没落したことを強く示唆する。

紀元前八～九世紀に北の縄文人が九州に至り縄文文様を弥生集落に伝え、遠賀川式土器の技術を学んだ遠賀川系土器が関東地方を飛び越える形で東北地方に数多く分布した。また、日本海側の玉作り遺跡は海上交通と密接に結びつくも、海運を握る者の没落などの要因で消滅した。このような考古学的知見からは、海路と海上交通に熟達した海人的な集団の存在と、その集団を手足のように使った権力者の存在を想定することができる。

佐原真は、北海道伊達市の有珠《うす》モシリの続縄文人の墓から南海産のイモガイ（南西諸島で採れる大型の巻貝）の腕輪がみつかったことを指摘する。二千年前、弥生時代の九州で珍重されたイモガイの腕輪は、南西諸島から九州を経由し、有珠に運ばれたのである（佐原、一九九九、一三三）。海人は「あま」と呼ばれる遥か以前から、縄文と弥生の二つの文化をつなぎ、東と西の交流を担う役割を果たしていたのである。

塩土老翁・阿多忠景

記紀神話には海路を知る神が登場する。海幸彦《うみさちひこ》・山幸彦《やまさちひこ》神話において、海幸彦の釣り針を失くし、海幸彦に責められて途方にくれていた山幸彦に海神宮へ行く方法を教えたシホツチ（ツ）ノヲヂはその代表的な神である。紀の神代下第九段一書四でシホツチはイザナキの子とされる。シホツチは、天降ったホノニニギが日向の吾田《あた》の長屋の笠狭《かささ》の岬に至ったとき、アマテラスの孫のニニギにふさわしい良い国があることを教えた。

そして神武天皇即位前紀で、シホツチは神武天皇に青山を四囲にめぐらせた良い地が東方にあり、そこに天磐船《あまのいはふね》に乗って飛び降った者がいる、と述べる。シホツチは天皇が世界を統べるための良き地大和と、そこにすでに天の神の子ニギハヤヒが降臨していることを伝えるのである。

物部《もののべ》氏の遠祖、ニギハヤヒの降臨が神武天皇の大和への到達より早かったと語る紀の記述は、天孫《てんそん》に付会した造作とされる（坂本他校注、一九九四、二二二）。それは措いてここで注目したいのは、天の系譜を引き継ぎ、やがて世界の王となるべき天孫や神武天皇に、彼らが行くべき世界を示す役割をシホツチが担っている、という点である。

シホツチは地上とは次元の異なる海神宮への海路を知ると同時に、神武天皇が東の海路の彼方に見出すべき「国のまほろば（もっともすぐれた国）」「青垣　山ごもれる（国の周囲をめぐっている青々とした垣のような山の内に籠る）」「うるはしの倭」を知る。大和は後述のように記のイハレビコ（神武天皇）の日向からの道程においては、目指すべき地点であると同時に、異なる世界領域、他界とみなされる。そして大和に既に天の神が降臨していると語ることは、東征においてその神を奉戴《ほうたい》する者（紀の長髄彦《ながすねびこ》）と神武天皇が戦わざるを得ないことを暗示する。シホツチは天の系譜を継ぐ者に未来を伝える役割を果たす。

森浩一は吾田《あた》（阿多）という地名に注目し、先学の指摘として、現在の薩摩半島を吾田半島と呼んだり、半島西部の穏やかな湾を吾田湾と呼んだりすることを紹介する。そして南九州の有力な隼人集団に阿多隼人と大隅《おおすみ》隼人があり、記紀神話では阿多隼人の集団から出た女性が天皇家の先祖やイワレヒコと婚姻関係を結び、名族として扱われているが、古墳の大きさや数から見ると大隅隼人の方がはるかに大きかったという印象を受ける、と述べる（森、一九九九、一四三〜一四五）。

吾田の地に降臨したニニギは神吾田津姫《かむあたつひめ》という名も持つコノハナサクヤビメと出会い、一夜で子を身籠ったヒメは隼人の祖ホノスソリ（海幸彦）、ヒコホホデミ（山幸彦）、ホノアカリ（尾張連《おわりのむらじ》の祖）を産む。吾田の地と関係の深い女神から誕生したヒコホホデミの系譜を引き継ぐのが、神武天皇である。

森は、大阪市の淀川の河口は瀬戸内海交通の東端で、弥生時代から古墳時代にかけてここに「大隅島」があったことを指摘し、この「大隅島」を近畿地方各地に分住した隼人集団の根拠地とみている。そして、塩土老翁《しほつちのをち》が山幸彦を海神の宮に送り届けるときに使う無目籠《まなしかたま》に注目する。森は、『延喜式』の隼人司の条によれば、隼人はさまざまな竹製品を製作していることが知られると指摘した上で、「「隼人ならば目のつまった竹籠が作れる」という認識が九州に限らず近畿の人々にもあったのであろう」とし、「薩摩半島での考古学的な状況を考えると、遠方の土地の情報を知った者として登場する塩土老翁は、阿多隼人の集団の長にふさわしい役割を果たす者として語られているとみてよかろう」と述べる（森、一九九九、一五〇）。

一方、辰巳和弘は、山城国綴喜郡《やましろのくにつづき》の大住郷《おおすみごう》と、北に接する宇智郷《うちごう》の西寄りに延びる八幡丘陵の北東麓一帯に、六世紀後半から七世紀前半に構築された六群六十基以上からなる横穴群が分布し、なかでも荒坂《あらさか》横穴群の一基は、日向から大隈半島一帯の隼人居住地の墓制と共通する地下式横穴であると指摘する。先学によれば、八幡丘陵の横穴群の多くが地下式横穴であった可能性があるという。そして辰巳は、大住という郷名は、隼人の出身の地の一つである大隈国大隈郡に由来するものである、と述べる（辰巳、一九九二、一一七）。

森は「阿多隼人といわれた集団は、ゴホウラ貝やイモ貝を南島から北部九州に運ぶうえでも大きな役割を果たしたであろう」と述べ、大阪府茨木市の紫金山《しきんざん》古墳（四世紀の前方後円墳）では弥生時代の腕輪を踏襲したゴホウラ貝を加工した貝製品と一緒に、その形を碧玉で作った腕輪（もしくは腕輪形宝器）が出土することを指摘する。ゴホウラ貝を祖形にした碧玉製品は近畿の古墳時代前期の代表的な副葬品として知られ、かつては「鍬形石《くわがたいし》」の名称がついていたが、近年、ゴホウラ貝が祖形であることが知られるようになった。森は、弥生時代後期の鹿児島県枕崎市松ノ尾遺跡からほとんど鍬形石と同じ形のゴホウラ貝の腕輪が出土していることなどから、「吾田地方と近畿の大王家との間に何らかのつながりがあったことは事実とみてよかろう」と述べる（森、一九九九、一四九）。

森は、和歌山市森の井辺《いんべ》八幡山《はちまんやま》古墳から破片で出土した双脚輪状文形埴輪は、孔をあけた水字貝、あるいはそれを形象した革製の儀器をさらに埴輪で製作したものと推定した上で、同じものが香川県満濃《まんのう》町公文山《くもんやま》古墳でも発掘され、瀬戸内海から紀伊にかけて分布していることを述べる。また、水字貝製の釧《くしろ》（腕輪）が静岡県磐田市松林山《しょうりんざん》古墳に副葬されていたが、水字貝は南西諸島で採集される貝であり、森は、同じ南西諸島で採集されるゴホウラが弥生時代に腕輪として九州北部で珍重され、水字貝は神聖視されていたと指摘する。そして「ゴホウラや水字貝の交易には南部九州の隼人が関与していたことはその地理的な位置からいって当然想定される」と述べる。森は井辺八幡山古墳の出土遺物の中に隼人集団、またはそれに近いと推定される集団に関するものを見出したのである（森、一九九七、二六四〜二七四）。

森はまた、奈良県五条市の塚山古墳から出土し、瀬戸内東部から和歌山県の海岸に分布する有孔棒状土錘が、飛び離れて鹿児島市吉野町の七社《ななやしろ》遺跡で出土することを指摘する。七社遺跡は薩摩半島の付け根の部分にあり、阿多隼人の勢力圏に近い。森は、五条市に旧阿陁郷《あたごう》があり、ここが近畿地方の隼人集団の居住地であったと推定されると述べ、梁《やな》や筌《うけ》で魚をとる「阿陀（太）の鵜養」（記紀）などもこの地域で集団を構成していたこと、万葉に安太人《あたびと》が魚梁をうち渡す姿が描かれていること（巻十一—二六九九）を指摘する。そして「塚山古墳の被葬者は、自らも阿多隼人の縁者か、さもなければ宇智郡の阿多隼人集団と何らかのかかわりがあったとみられ、鹿児島市七社遺跡での有孔棒状土錘も、宇智郡の阿多隼人（紀伊にいた隼人でもよい）が南部九州への伝播の橋わたしをしたとみてよかろう」と述べる（森、一九九六、一六七〜一六八）。

南西諸島と九州を結び、さらに近畿地方まで勢力をのばしていた阿多隼人と同じく、阿多を本拠地とした在地の武士団の長が、平安時代末の薩摩平氏、平《たいらの》（阿多）忠景《ただかげ》である。阿多忠景は『保元物語』には阿蘇忠景の名で登場し、九州で暴れまわった源為朝《みなもとのためとも》を娘婿にしていた、と語られる。この人物は、『吾妻鏡』によると永暦元年（一一六〇）頃、勅勘《ちょっかん》を蒙《こうむ》りキカイガシマ（貴海島）に逐電した。谷川健一は、阿多忠景の薩摩半島の本拠地の一角、万之瀬川《まのせがわ》の河口から四キロメートル遡った持躰松《もったいまつ》遺跡から、九州では最大量の十一世紀から十五世紀前半の輸入陶磁器が出土することを述べ、阿多忠景の活躍していた時期と陶磁器の年代の一致を指摘する（谷川、二〇〇七、九八）。持躰松遺跡の輸入陶磁器の組み合わせは、奄美大島の宇検《うけん》村の沖の島に挟まれた狭くて浅い水路の海底で発見された、倉木崎海底遺跡の陶磁器の組み合わせと相似している、という（村井、二〇〇七、一八八）。そして、近年、奄美群島の喜界島《きかいじま》からは、在地性がなく、大宰府政庁と同様の遺物が出土する城久《ぐすく》遺跡群（九～十五世紀代）が発見された。

阿多忠景の逐電先は、勅勘が効力を発揮しない僻遠の地であり、源頼朝が征討するまでは日域の外とみなされた喜界島であった可能性も十分にある、という見解が永山修一によって出されている（永山、二〇〇七、一六二）。永山は、キカイガシマが十世紀には「下知」を受ける存在であったのに、十二世紀には異国として扱われるようになったとし、その変化の時期を十一世紀とする。永山によると、この時期の南島は、長崎県西彼杵《にしそのぎ》半島で採掘された滑石《かっせき》によって製作された滑石製石鍋の流入や、十一世紀後半のカムィヤキ類須恵器（奄美群島の徳之島に窯跡群を残す、高麗系の技法を用いた陶器）の成立など大きな変化が起こっているという。永山は先学の説をふまえ、こうした動きの背景に、博多に拠点を置く宋商人の活動があったことを指摘する（永山、二〇〇七、一六五～一六六）。

阿多忠景が支配していたのは、このような利権の渦巻く南西諸島を足がかりにした交易ルートのひとつの到達点、持躰松遺跡のある阿多周辺だった。遺跡の下流域には中国人居留地の痕跡を残す地名、唐仁《とうじん》（唐人）原《ばら》や当房《とうぼう》（唐坊）がある。この阿多忠景のあり方は、かつてゴホウラ貝やイモ貝を南島から九州へもたらし、畿内にも本拠地を持っていた阿多隼人とスケールこそ違え、重なるものがある。

奄美大島より喜界島を望む（筆者撮影）

他界の海神宮と、大王が政事をすべき現実世界の大和の両方を知り、阿多隼人の長とも目されたのが神話時代のシホツチである。同じ阿多を本拠地とした阿多忠景は、十一世紀初頭には機能を停止した大宰府とは別個の私貿易に勤しみ、キカイガシマへの逐電を最後に行方は杳《よう》として知れない。阿多忠景がよく知る海路は、阿多から南西諸島を経て大陸へと伸びる利権の道、現実の交易ルートであった。その利権の道としての海路と神話のシホツチの知る海路、そして畿内に多くの文物をもたらしたであろう隼人の足跡は、決して無関係ではない。

サヲネツヒコ・鳥装の水人

記では神武東征において、イハレビコ（後の神武天皇）と兄のイツセは、日向から宇佐、筑紫、安芸、吉備の高島宮へと移動する。そして八年いた吉備高島宮を出て「速吸門《はやすひのと》」に至ったとき、「亀の甲に乗りて、釣しつつ打ち羽ぶき来る人」に出会う。亀の背に乗り、釣りをしながら羽ばたいている人、である。この奇妙な風体の人物は海道を知るサヲネツヒコである。越野真理子は、亀を水中と陸上の両方を移動する能力を持ち、異なる世界領域を移動するワニ同様の存在とみなし、サヲネツヒコを神話的存在、とする（越野、二〇〇五、二八～二九）。

そして、イハレビコが「速吸門」から移動し、サヲネツヒコの案内で、「青雲の白肩津《しらかたのつ》」に至り、初めて先住民族の抵抗に遭ったことに注目する。越野は「速吸門」までのイハレビコの移動手段が特に言及されていないことに注目し、同じく移動手段を記さない、アマテラスの誕生したイザナキの禊《みそぎ》の場、「竺紫《つくし》の日向《ひむか》の橘《たちばな》の小門《をど》の阿波岐原《あはきはら》」から高天原への移動と比較する。越野は地上世界と高天原は異なった世界領域であることは自明であるとする。そして日向から筑紫を経た「速吸門」までの土地は「竺紫の日向の橘の小門の阿波岐原」に相当し、その先の大和への旅はイハレビコにとって他界への旅である、と解釈する。あわせて「青雲の白肩津」を高天原相当の他界であるとし、高天原相当の場所に名付ける地名としてあえて「青雲の」と冠しているのはまことにふさわしい、と指摘する（越野、二〇〇五、二九）。この越野の指摘をふまえると、異なる世界領域を移動する亀に乗っていた神話的存在のサヲネツヒコが、船でイハレビコを案内する意義が諒解できる。

また、サヲネツヒコは鳥の属性も持つ。サヲネツヒコは羽ばたいているのである。この鳥のような人の姿から想起されるのは鳥装の水人である。吉成直樹は日本の鳥霊信仰の流れを、アムールランドからシベリア系の水人・ハンターによってもたらされたもの、内陸シベリア―蒙古―満州系の霊鳥信仰、南・東シナ海を通して遅くとも弥生時代に登場した鳥霊信仰と整理する（吉成、一九九六、一三〇～一三三）。

吉成は、稲作が中国沿岸部を北上、朝鮮半島西・南部を経由して日本に流入したとされることを前提にした先学の説を、「華南・江南系水人は朝鮮半島の西南沿岸地方を経由し日本海に登場したとみられる」と紹介する。そして、東南アジアの青銅器文化で、日本の弥生文化形成に大きな影響を及ぼした越《えつ》文化と関係の深い東山（ドンソン）文化に特徴的な遺物である銅鼓上に、羽装の人物が描かれていることを指摘する。銅鼓上には水鳥や蛙、鳥装の人物を乗せた鳥形の舟、床上で杵をつく光景等が描かれ、これらの図像は葬儀の状景を表し、鳥形の舟はそれに伴う霊魂の飛揚をめざす鳥船であり、鳥装の人物はこうした目的を果たすために必要な呪術者であるという。

吉成は、鳥取県淀江《よどえ》町稲吉角田《いなよしすみた》遺跡の土器船文などにみられる鳥装の船人は、越系水人から流出したものとする先学の見解を紹介する。そして、鳥を葬送儀礼と関連づける観念が古墳時代には一層明瞭になり、古墳時代の石室の壁画の、船首や船尾に鳥が描かれたゴンドラ型の舟の上空にある太陽は、死者の行く太陽の国を象徴する、と指摘する（吉成、一九九六）。死者のための鳥船の鳥は、死者の魂の水先案内をするのである。

このようにドンソン文化、そして越文化に鳥装の呪術者や水人がおり、古墳の壁画の鳥が死者の霊魂の他界への導き手であったことを知るとき、サヲネツヒコが羽ばたく、という記の記事が鳥装の水人を意味していることがわかる。森浩一は、前掲の鳥取県淀江町の角田遺跡のほか、奈良県橿原《かしはら》市の弥生時代の坪井遺跡から出土した土器に、大きな袖のような羽をあらわしたものが描かれている例、鳥取県羽合《はわい》町の馬ノ山古墳の埴輪に描かれた人物の頭の上に短い二本の羽状の表現がある例を指摘する（森、一九九九、一九〇）。

そして、広州市の南越王墓から、四艘の船にそれぞれ戦士の姿をしている六人の「羽人」が乗っている図が腹部に描かれた銅製の酒器が出土したこと、九州と東シナ海を隔てて向かいあう中国浙江省の鄞県《ざんけん》で出土した銅製の鉞《えつ》（首切り用の斧）に、頭に長い羽状の飾りをつけた四人の人が漕ぐ船の絵がついていたことを指摘する。このように「羽人」もしくは羽状の飾りを頭につける風習の類例が江南の地にも見つかることから、森はイハレビコが遭遇した風俗（サヲネツヒコの羽ばたき）は、「江南とのかかわり、言い換えれば越人文化との関連をはっきり示している」と述べる（森、一九九九、一九〇～一九二）。

サヲネツヒコは、実際の海路と亀に象徴される異なる世界領域である海路をよく知る水人であり、イハレビコにとっての他界相当の「青雲の白肩津から大和」への案内をするにふさわしい鳥の属性を併せ持っていたのである。このサヲネツヒコの姿は越系の鳥装の水人とも解釈できる。鳥装は呪術的な装いであると同時に、現実の風俗を写していたのである。

なお紀では神武天皇が速吸之門《はやすひなと》で船に乗った漁人《あま》に出会い、国つ神のウヅヒコと名乗った、と記す。ウヅヒコは天神の子を迎えるために来たことを語り、天皇の海導者《みちびきひと》となることを承知する。そして、シヒネツヒコの名を与えられるのである。

この鳥装の水人の姿と思しきものが、時代を隔て、『平家物語』延慶《えんぎよう》本にあらわれる。鹿ケ谷で平家打倒を企てた俊寛、康頼、成経が流罪となった鬼界嶋を異名、惣名を硫黄嶋とする嶋にである。その嶋の住人について延慶本は「自ら有る者も此世の人には不似、色黒て牛の如し。身には毛長く生たり。絹布の類なければ、着たる物もなし。男と覚しき者は、木の皮を剝ぎて、羽根《はね》蔓《かずら》と云物をし、褒《たふさぎ》にかき腰に巻たれば、男女の形も見へわかず。髪は空さまへ生上て、天婆夜叉に異ならず。云詞をもさだかに聞へず。偏に鬼の如し」と語る（北原・小川編、一九九〇）。

牧野和夫は、有王が鬼界嶋の俊寛を訪ねたおりに出会った嶋人の「木の皮を額に巻」という服飾習俗は、『漂到琉球国記』に「赤巾羂頭」の現地人が登場し、絵図に男子が鉢巻き様のものを巻いているのが参考になるとの先学の指摘を紹介する（牧野、二〇〇一、二六）。『漂到琉球国記』は一二四三年（寛元元）に出港した宋船が琉球に到り、そこで見た風俗について綱首《こうしゅ》（船頭）が西山法華寺慶政に語り、その聞書として一二四四年に成立した。

牧野の「「南島の服飾習俗ハチマキ」のみが延慶本『平家物語』などに際だった南島の実地の知識として残ることになる」との指摘（牧野、二〇〇一、二七）から、延慶本の鬼界嶋の描写が地獄への連想をうながす虚構でありながらも、現実の南島情報が反映される箇所があることがわかる。そうすると、延慶本の羽根蔓をした男は木の皮をハチマキ状にし、それを羽根蔓と称していたことがわかる。このハチマキ状のものに鳥の羽を挿していたのかもしれない。この羽根蔓は素直に解釈すれば、鳥の羽根を頭に挿すのであり、鬼界嶋にあるいは鳥装の水人がいたのかもしれない。

『平家物語』の鬼界嶋は、従来、鹿児島県三島村の硫黄島と解釈されてきた。活火山の硫黄島は俊寛が陥ったとされる餓鬼道地獄を想起させるに十分だからである。永山修一は、『吾妻鏡』正嘉二年（一二五八）九月二日条によって平康頼が流された島は三島村の硫黄島であることが確認できると述べる。そして集合名称としてのキカイガシマの北端に位置する硫黄島が、日本の南辺に位置し、火山島であることから、異域への恐怖感の増大や地獄観の浸透によって、十一世紀以降になると、キカイガシマが「喜」や「貴」から「鬼」の字を用いた表記へと変化していくと述べる（永山、二〇〇七、一六五）。この永山の指摘をふまえると、康頼とともに流罪になった俊寛も、『平家物語』の世界では、やはり硫黄島で無残な死を遂げた、と考えるべきであろう。

ただ、『平家物語』は虚構の物語であり、集合名称としてのキカイガシマと、現実の硫黄島や喜界島が物語の中で渾然一体となっている可能性がある。近年、歴史学の立場から流罪の島としての喜界島や、流刑地における高貴な罪人の扱い方などが言及されるようになっている。罪人を地獄同様の流罪の地で死ぬに任せるようなことが実際に行われていたのか、ということである。また、「嶋の中に高き山あり。嶺には火燃へ麓には雨降て、雷鳴事隙なければ」と描写される延慶本『平家物語』の鬼界嶋について、硫黄を産する火山という側面は措いて、高い山があるから雲が形成されて雨が降るということにも注目したい。最高標高約二百二十メートルの海岸段丘の島、喜界島は、海上から見上げると雲が形成される島である。今後『平家物語』の鬼界嶋を考える際、現実の喜界島も視野に入れる必要があろう。

また永山は、キカイガシマが王朝貴族の珍重する品物を産する南方の島々の集合名称であることから、十世紀には「喜」「貴」というプラス・イメージで表現されていたが、前掲のように十一世紀以降「鬼」の字へと変化すると述べる。この「喜」「貴」が「鬼」に変化するのは地獄観や異域への恐怖、といった抽象的なイメージのみが原因なのだろうか。

時代は下がるが、『おもろさうし』（一六二三年成立）には「鬼《おに》」が数多く謡われる。「命鬼《ゑのちおに》の殿《との》」と称される人物は弓の名手であり、鳴弦《めいげん》（弓の弦を弾き鳴らして妖魔《ようま》をはらうまじない）を行い、田の上を舞う鳥を射落とす。「鬼より強い」久米の按司《あじ》は多くの按司たちを負かし、権勢を誇る。戦勝に霊力を発揮したことで名高い久米島の最高神女は「鬼の君南風《きみはえ》」と称される。これらの鬼の謡われるおもろは中世の南西諸島の倭寇的世界の一端を示している、と考える。『おもろさうし』の鬼は魔術的な武力を意味する。この魔術的な武力をもって南西諸島の利権を奪い合った人々の総称が鬼だったのではないか。鬼（おに、キ）界島とは鬼の魔力と武力が満ち、乱暴であると同時に豊かな富溢れる世界だったのではないか（福、二〇〇八）。

なお、鎌倉時代後期の南島情報を伝えるものに一三〇五年前後に写された「日本図」（金沢文庫蔵）がある。この図は上を南、右を西に描いており、西日本の部分のみ残される。その日本を竜が取り囲んでおり、二度の元寇にさらされた日本を竜の姿をとる神々が守ってくれる、との意識が強まる中で描かれたと考えられている。この図の元になる地図は十三世紀後半には成立していたとされる（永山、二〇〇七、一五六〜一五八）。

この図で注目すべきは、竜体の外に陸塊があり「竜及国　宇嶋　身人頭鳥　雨見嶋　私領郡」と記されている点である。この文は「琉球国大島　身人頭鳥　奄美島　私領郡」と読むことができる。琉球国には身人頭鳥の習俗があり、奄美大島は私領だった、というのである。実際、北条御家人の千竈《ちかま》氏が奄美群島の領有権を子供たちに譲ったことを記す譲状（一三〇六年）が存在しており、「日本図」の私領郡とは奄美群島が千竈氏の領有する地であることを意味する。

それでは「身人頭鳥」とは何か、ということが問題となる。これは前掲の延慶本『平家物語』の羽根蔓をした男、すなわち鳥装の水人と思しき存在を意味するのではないか。「日本図」の竜体の外、しかし辛うじて図に描かれた僻遠の琉球国大島を含む南西諸島に、鎌倉時代末期、鳥をトーテムとする鳥装の水人集団が『平家物語』の鬼界嶋同様に存在したのではないか(吉成・福、二〇〇七、一五三〜一五四)。

鳥装の水人、海路を知る者は、日本神話において亀の背に乗り羽ばたくという異貌を示す。彼は神話世界において、世界の王となる者を異次元の大和へ案内する。そして中世、虚構に彩られた物語世界や日本の領域を示す地図の南西諸島に同様の習俗の水人が現れる。神話時代と変わらぬ装いをした彼らは、漁撈、航海の担い手だったはずである。彼らがよく知る海路もまた、阿多忠景同様の利権を生む交易ルートだったのではないか。

『万葉集』の海人(あま)

『万葉集』の海人(あま)の用例は九十六例ある。安麻が二十三例、海が十六例(海小舟=あまをぶね、海をとめ=あまをとめ、という用法をとる)、海部が十五例、海人が十五例、白水郎が十五例、海子が五例、阿麻が二例、阿末・安末・海夫・礒人・漁が各一例である。そして、海人という語彙を歌った歌人は、軍王（一例）、長忌寸意吉麿（一例）、石川少郎（一例）、角麿（一例）、大網公人主（一例）、柿本人麻呂（三例）、山部赤人（四例）、山上憶良（一例）、笠金村（四例）、葛井連大成（一例）、藤原卿（一例）、大伴旅人（二例）、大伴家持（八例）、大伴池主（一例）、大伴坂上大嬢（坂上大嬢に頼まれて家持が作った歌、一例）、秦忌寸八千島（一例）、久米朝臣継麻呂（一例）、紀伊国へ天皇の行幸に供奉《ぐぶ》した者の歌（二例）、遣新羅使人達（十六例）など多岐にわたる。なお、大伴家持から久米朝臣継麻呂までの用例の作者は、家持が越中守であった時代に家持と行動を共にした者達である。この中で注目すべきは、中央政府の貴人が地方に赴き、海人の習俗に興味を持って観察し、歌う、という歌である。

笠金村は角鹿《つのが》（敦賀）で船に乗ったとき、あまをとめの塩焼を見て次の長歌を歌った。

巻三―三六六
越《こし》の海《うみ》の　角鹿《つのが》の浜《はま》ゆ　大船《おほぶね》に　真楫《まかぢ》貫《ぬ》き下《お》ろし　鯨魚《いさな》取《と》り　海道《うみぢ》に出《い》でて　喘《あへ》きつつ　我《わ》が漕《こ》ぎ行《ゆ》けば　ますらをの　手結《たゆひ》が浦《うら》に　海人娘子《あまをとめ》　塩焼《しほや》く煙《けぶり》［後略］

（越の海の敦賀の浜から、大船の舷《ふなばた》に楫《かい》をたくさん貫きならべ、海路に乗り出して、あえぎながら漕いで行くと、立派な男子を連想させる手結が浦で、取り合わせるかのように海人娘子たちの藻塩《もしお》

を焼く煙の立ち上るのが見える）

また、持統上皇と文武天皇の紀伊国への行幸に供奉した者は、次のような歌を歌った。

巻九―一六六九
南部《みなべ》の浦《うら》　潮《しほ》な満《み》ちそね　鹿島《かしま》にある　釣《つ》りする海人《あま》を　見《み》て帰《かへ》り来《こ》む
（南部の浦、この浦に潮よそんなに満ちないでおくれ。向かいの鹿島で釣りする海人を、見て帰って来たいから）

巻九―一六七〇
朝開《あさびら》き　漕《こ》ぎ出《で》て我《わ》れは　由良《ゆら》の崎《さき》　釣《つ》りする海人《あま》を　見《み》て帰《かへ》り来《こ》む
（朝早く港を漕ぎ出して、私は、由良の崎で釣りする海人を、見て帰って来たいものだ）

越中守であった大伴家持は「あゆのかぜ」という越の俗語を用い、東風を次のように歌った。

巻十七―四〇一七

東風《あゆのかぜ》　いたく吹《ふ》くらし　奈呉《なご》の海人《あま》の　釣《つ》りする小舟《をぶね》　漕《こ》ぎ隠《かく》る見《み》ゆ
（東風が激しく吹くらしい。奈呉の海人たちの釣りをする舟が、今まさに浦蔭に漕ぎ隠れて行く）

『万葉集』の歌の中に海人が登場する際、海人と結びつく地名を大まかに整理すると、次のようになる。なお、序詞に登場する海人や、一般的な海人の例など地名が歌われない海人の歌は十九例、比定地未詳の例が二例（飽の浦、麻久良我）ある。

- 福岡県粕屋郡志賀町志賀島（十一例）
- 難波、大阪あたり（九例）→難波（六例）、難波潟・四極・住吉付近（各一例）
- 現在の兵庫県一帯（十二例）→藤江の浦（明石市西部、四例）、武庫の浦の浦（兵庫県武庫川河口、二例）、須磨（二例）、明石の浦（一例）、兵庫県三原郡松帆村飼飯（一例）、播磨国印南野の邑美の原の藤井浦（一例）、なはの浦（留牛馬、兵庫県の相生市那波の海か、一例）
- 越中一帯（七例）→奈呉（富山県新湊の海、国府の前、三例）、布勢の湖（氷見市の氷見潟、二例）、射水川の河口（一例）、田子の湾（氷見市宮田、一例）
- 筑前あたり（五例）→筑前（大宰府付近、四例）、筑前国糸島郡唐泊港の南の港（一例）
- 淡路島（五例）→野島（二例）、松帆の浦（二例）、笥飯野（気比、一例）

・伊勢（四例）→伊勢（二例）、伊良虞・阿胡の海（各一例）
・紀伊国（和歌山）（三例）→日高郡南部町鹿島・由良の崎（由良港に近い岬）・雑賀の浦（各一例）
・滋賀（琵琶湖一帯）（三例）→志賀津・琵琶湖・比良の浦（志賀町）（各一例）
・泊瀬（三例）→泊瀬の川（二例）、泊瀬（一例）
・珠洲（石川県）（二例）
・敦賀（二例）→手結が浦（敦賀市）・角鹿（各一例）

その他、佐賀松浦、讃岐坂出、能登の海、田子の浦（静岡）、長門付近、鳴門、壱岐、鞆の浦（広島県福山市）、志摩の用例が各一例ある。

用例が多い志賀は、海人の本拠地として名高い。この志賀島からは建武中元二年（西暦五七）、委の奴の国王が後漢の光武帝より賜ったという「漢の委の奴の国王」の金印が出土している。

また、宮があり瀬戸内海の物流の要衝である難波、瀬戸内海を航行するルート上の兵庫県一帯、大伴家持が赴任していた越中一帯、大宰府周辺、御食《みけ》つ国《くに》であり海人の本拠地でもあった淡路島、伊勢、天皇の行幸の地の紀伊、琵琶湖、都に近い泊瀬川、海人が潜水し鰒珠《あわびたま》（真珠）を採ってくることを希求する歌が歌われた珠洲、日本海の要衝敦賀、その他、遣新羅使人の船の寄港地（長門、鳴門、壱岐）、都人の旅先（坂出、志摩）、仙境になぞらえられた松浦などが、海人の活動と結びつけて歌われた地名である。海人と呼ばれる人々が各地にいたこと、海人は海水域と淡水域の双方で活動していたことがわかる。

海人たちは、次のような状況で歌われている。

- 海人の船・帆（十四例）→釣船（九例。一例はいざり漁）、海人の小舟（二例）、海人が乗る船（一例）、あまをとめの乗る船（一例）、海人小舟の帆（一例）
- （玉）藻を刈る（十三例）→海人（六例。一例は莫告藻）、あまをとめ（五例）、海女（一例）、浜菜を摘むあまをとめ（一例）
- 釣り（十一例）→鮪・鱸（各一例）
- 操船（十例）→あまをとめが小船を漕ぎ出す、海人の船の楫の音、あまをとめの船出小船で沖へこぐ、海を渡るあまをとめ、漕ぎ出す舟の楫、漁をする楫の音、漕いでくる、あまをとめ達が島陰に退避する、櫓の音とあまをとめ等
- 漁をする海人（七例）→海人（四例）、あまをとめ（二例）、あまをとめ達（一例）
- 海人の灯火・漁火（六例）→釣り（二例）、鱸釣り（一例）、漁（一例）
- 潜水（六例）→白玉を得るため、海底の玉を見たがる、あまをとめが採る忘貝、鰒玉を採る、

真珠を採る等
・塩焼き（五例）→海人（二例）、あまをとめ（二例）、塩焼きの煙（一例）
・海人の衣（五例）→塩焼き衣（三例）、漁をするあまをとめの衣（一例）、塩焼の藤衣（一例）
・海人と真珠（鰒玉・白玉）（四例）→鰒珠を並べる、真珠を採る、海人の島津が採った鰒玉、真珠を多くよこす海人等
・藻を刈り塩を焼く（二例）→海人（一例）、あまをとめ（一例）
・網を引く（二例）
・あまと貝（二例）→恋忘貝、一枚貝の鰒
・海人が干す（二例）→網や手綱を干す、莫告藻を干す

その他、序詞的用法（壱岐の海人）、志賀海人たちの住む大浦田沼、火をたくあまをとめ、葦を刈る、湾を廻る、しび鮪を銛で突く、といった例が各一例ある。

万葉歌の用例は漁撈従事者としての海人を描くことが中心となっている。用例の中で注目すべきは、あまをとめの用例が海人とほとんど同じ様相を呈している、ということである。あまをとめは船に乗り、櫓を操り、海を渡る。彼女達は漁をし、風が強ければ島陰に退避する。海藻を刈り、塩焼きをし、潜水漁にも従事する。その働きは男性の海人と何ら変わることはない。

また、海人の漁獲が鮪《まぐろ》、鱸《すずき》であり、鰒《あわび》や貝を採集した他、鰒珠（真珠）を採る海人も歌われている。
以下、海人の釣船、玉藻を刈るあまをとめ、塩焼、真珠の用例をそれぞれあげる。

巻十五―三六〇九（遣新羅使人《けんしらぎしじん》が誦詠した古歌）
武庫《むこ》の海《うみ》の　庭《には》よくあらし　漁《いざ》りする　海人《あま》の釣舟《つりぶね》　波《なみ》の上《うへ》ゆ見《み》ゆ
（武庫の海の漁場はおだやかで潮の具合もよいらしい。漁をしている海人の釣舟、その舟が今しも波の彼方に浮かんでいる）

巻六―九三六（笠金村）
玉藻刈《たまもか》る　海人娘子《あまをとめ》ども　見《み》に行《ゆ》かむ　舟楫《ふなかぢ》もがも　波高《なみたか》くとも
（玉藻を刈っている海人の娘子たちを見に行く舟や櫓があったらよいのに。波はどんなに高く立っていようとも）

巻十一―二七四二
志賀《しか》の海人《あま》の　煙焼《けぶりや》き立《た》てて　焼《や》く塩《しほ》の　辛《から》き恋《こひ》をも　我《あ》れはするかも

（志賀島の海人が煙を焼き立てて焼く塩が辛いように、何とも辛くつらい恋を私はしている）

巻十八―四一〇五（大伴家持）
白玉《しらたま》の　五百《いほ》つ集《つど》ひを　手《て》にむすび　おこせむ海人《あま》は　むがしくもあるか
（真珠の五百の余《あまり》もの集まり、それを手に掬い取ってどっさりよこしてくれる海人がいたら、どんなにありがたいことか）

『万葉集』には遠洋航海に従事する海人の用例も存在する。志賀の海人の歌群「筑前の国の志賀の白水郎《あま》の歌十首」、巻十六―三八六〇～三八六九の後の左注の状況説明に白水郎が登場する。その左注は次のようになっている。

右は、神亀《じんき》の年の中《うち》に、大宰府《だざいふ》、筑前《つくしのみちのくち》の国宗像《むなかた》の郡《こほり》の百姓宗形部津麻呂《ひやくせいむなかたべのつまろ》を差《さ》して、対馬《つしま》送粮《そうりやう》の船の柁師《かぢとり》に宛《あ》つ。時に、津麻呂、滓屋《かすや》の郡《こほり》志賀《しか》の村の白水郎荒雄《あまあらを》が許《もと》に詣《いた》りて語りて曰《い》はく、「我れ小事《せうじ》有り、けだし許さじか」といふ。荒雄答へて曰はく、「我れ郡《こほり》を異《こと》にすといへども、船を同じくすること日久し。志《こころ》は兄弟《けいてい》より篤《あつ》し、殉死《じゆんし》することありといへども、あにまた辞《いな》びめや」といふ。津麻呂《つまろ》曰はく、「府《ふ》の官《つかさ》、我れを差して対馬送粮《つしまそうりやう》の船の柁取に宛つ。容歯《ようし》衰老《すいらう》し、海《うみ》つ路《ぢ》に堪《あ》へず。ことさらに来りて祗候《しこう》す。願はくは相替《あひかは》ることを垂《た》れよ」といふ。ここに、荒雄許諾《ゆゐ》し、つひにその事に従ふ。肥前《ひのみちのくち》の国松浦《まつら》の県《あがた》の美禰良久《みねらく》の崎《さき》より船を発《い》だし、ただに対馬を射《さ》して海を渡る。すなはち、たちまちに天暗冥《くら》く、暴風は雨を交《まじ》へ、つひに順風なく、海中に沈《しづ》み没《い》りぬ。これによりて、妻子《めこ》ども、犢慕《とくぼ》に勝《あ》へずして、この歌を裁作《つく》る。或いは、筑前の国の守山上憶良臣《かみやまのうへのおくらのおみ》、妻子が傷《いた》みに悲感《かな》しび、志《こころ》を述べて此の歌を作るといふ。

この注を簡単に要約すると、「大宰府が宗形部津麻呂を指名し、対馬へ食糧を送る船の船頭に任じた。しかし老いた津麻呂はとうてい航海に堪えない、ということで志賀の村の荒雄に交替を頼んだ。荒雄は美禰良久の崎から船を出し、対馬を目指して海を渡ったが、急に天が暗くなり、暴風雨がおこり、順風がなく、海中に沈んだ。残された妻子がこの歌を作った、あるいは山上憶良が心を動かし、この歌を作った」である。美禰良久とは現在の五島列島の福江島の西北端の岬で、そこから荒雄は対馬を目指すも、荒天で船が沈没したのである。

黛弘道はこの左注に関連して、前掲の記のイハレビコの案内者、サヲネツヒコが自らを国の神と名乗り、釣りをしていた彼が他の需《もと》めに応じて水崎案内人になっていることに注目する。魚を釣り、藻塩を焼く漁民である志賀の白水郎荒雄が、宗形部津麻呂に懇願されれば気軽に対馬へ食料を運漕する柁師ともなったことをふまえ、「志賀の白水郎にとって漁民と航海民の別は存在しなかったとしてよかろう。この間の事情は志賀以外の各地の海人族においてもあまり大きな差はなかったであろう」と述べる（黛、一九九六、二〇九〜二一八）。

網野善彦は海人の呼称が地域によってかならずしも一様ではないことを指摘した上で、『権記《ごんき》』（藤原行成《ふじわらのこうぜい》の日記、九九一〜一〇一一年）の長保元年（九九九）十月二十六日条に、「「松浦海夫」の採取した「九穴蚫」を太宰大弐藤原有国が左大臣道長に奉ったという記事のみえるのをはじめ、鎌倉・南北朝期、肥前の松浦一揆、肥後の小代氏などの支配下に一類・党をなし、譲与の対象とされた多数の「海夫」を見いだすことができる。船で生活し、潜水して蚫を採る海士であったとみられるこの「海夫」が、海の領主としての松浦党を支え、いわゆる「倭寇」の活動をその基底で支えた海民であったことは間違いない」と述べる。そして済州島の「海民」のあり方もこの「海夫」と酷似していることを高橋公明の論から指摘する（網野、一九九二a、四一）。

『万葉集』巻十五の遣新羅使人の一行は船で瀬戸内海を西行し、壱岐、対馬を経て新羅に向かった。聖徳太子の時代には、遣隋使が隋に赴いた。後代の遣唐使によってもたらされた文物が大和に文化的画期をもたらしたことは、周知の事実である。このような公的な使節の船を操船するのは、大和の海人たちである。黛や網野の視点を導入すると、万葉に歌われた海人の背後に外洋航海従事者としての海人、交易や海賊業にも携わる海人の姿が見え隠れする。

瀬戸内海（筆者撮影）

万葉の巻十六の詞書の語りに登場する宗像郡の百姓宗形部津麻呂は、宗像氏の一族である。宗像氏は宗像三女神を奉斎し、朝鮮半島への航路と関わりの深い一大勢力を誇る海人族である。時代は下がるが、十三世紀、宗像大宮司家は宋人貿易商人、いわゆる博多綱首（博多船頭）の娘と二代にわたって婚姻を繰り返し、その所生が数代にわたって大宮司となっている。川添昭二は「在日宋商が日本人女性を妻とすることはよくみられるが、在日宋商の娘が日本人の妻となっている例は珍しい。それは史料にあらわれないだけのことかもしれないが、宗像大宮司家の氏実とその息氏忠が宋人女性を妻としているのは、対外貿易を介して、宗像氏と宋商が親密な関係にあったことを如実に示すものである」と述べる（川添、一九九〇、二八八)。大陸への航路を掌握する宗像氏が宋商と緊密な関係にあったということは、平安時代末から鎌倉時代初頭、その交易ルートが莫大な権益を生むものだったことを示唆する。その宗像氏の活躍は、古代から連綿と続いてきた、と考える。

なお、『万葉集』の用例には珠洲《すず》(石川県珠洲市)の海人の例がある。珠洲の海人に大伴家持が真珠を求める例である(巻十八―四一〇一~四一〇五)。時代はかなり下がるが、中世、珠洲で焼かれた珠洲陶器は北海道に運ばれた。余市町の大川遺跡からは珠洲焼のすり鉢が出土している(乾、二〇〇三、二六)。この珠洲産の陶器を北海道に運んだ人々も、『万葉集』にあらわれる、潜水して鰒珠(真珠)を採取する珠洲の海人の末裔ではなかったか。

白水郎

『万葉集』には白水郎の表記で「あま」と訓む用例がある。十五例の用例は、次のようになっている。なお伊藤博の『萬葉集釋注』では「白水郎」を「海人」と書き改めているが、ここでは「白水郎」の表記を用いる。

巻一―二三

打《う》つ麻《そ》を　麻続《をみ》の王《おほきみ》　白水郎《あま》なれや　伊良虞《いらご》の島《しま》の　玉藻刈《たまもか》ります
（打ち柔らげられた麻、その麻続王は海人なのかなあ、まるで海人そっくりに、伊良虞の島の玉藻を刈っていらっしゃるよ）

巻三―二五二（柿本人麻呂）
荒栲《あらたへ》の　藤江《ふぢえ》の浦《うら》に　鱸釣《すずきつ》る　白水郎《あま》とか見《み》らむ　旅行《たびゆ》く我《わ》れを
（藤江の浦で鱸を釣る土地の漁師と人は見るであろうか。官命によって船旅をしているこの私であるのに）

巻六―九九九（守部王）
茅渟《ちぬ》みより　雨《あめ》ぞ降《ふ》り来《く》る　四極《しはつ》の白水郎《あま》　網《あみ》を干《ほ》したり　濡《ぬ》れもあへむかも
（茅渟のあたりから雨が降って来る。なのに、四極〔大阪市〕の海人は網を干したままだ。濡れてしまいはしないだろうか）

巻七―一一六七
あさりすと　礒《いそ》に我《わ》が見《み》し　なのりそを　いづれの島《しま》の　白水郎《あま》か刈《か》りけむ

（漁をしようとして磯で私が見つけたなのりそなのに、それをどこの島の海人が刈り取ったのであろうか）

巻七―一二〇四
浜清《はまきよ》み　磯《いそ》に我《わ》が居《を》れば　見《み》む人《ひと》は　白水郎《あま》とか見《み》らむ　釣《つ》りもせなくに
（浜辺が清らかなので磯にじっと私が佇《たたず》んでいると、人は私を海人と見るだろうか、釣りをしているわけでもないのに）

巻七―一二四五
志賀《しか》の白水郎《あま》の　釣舟《つりぶね》の綱《つな》　堪《あ》へかてに　心思《こころおも》ひて　出《い》でて来《き》にけり
（志賀の海人の釣舟の綱、その綱が荒波にあらがいかねるように、心中、別れの辛さに堪えがたく思いながらも、あえて家を出て来てしまったのであった。この私は）

巻七―一二四六
志賀《しか》の白水郎《あま》の　塩焼《しほや》く煙《けぶり》　風《かぜ》をいたみ　立《た》ちは上《のぼ》らず　山《やま》にたなびく
（志賀の海人の藻塩を焼く煙、この煙は、浜から吹き上げる風の激しさゆえに、まっすぐには立ち昇

らないで山の方へたなびいている）

巻七―一二五三
楽浪《ささなみ》の　志賀津《しがつ》の白水郎《あま》は　我《あ》れなしに　潜《かづ》きはなせそ　波立《なみた》たずとも
（楽浪の志賀津の海人よ、私のいない時には水に潜ったりしないでおくれ。たとえ波が立っていない時であっても）

巻七―一三一八
底清《そこきよ》み　沈《しづ》ける玉《たま》を　見《み》まく欲《ほ》り　千《ち》たびぞ告《の》りし　潜《かづ》きする白水郎《あま》は
（海の底が清らかなので沈み着いているのがわかる真珠、その玉を手に採って見たいと思って、何度も何度も唱え言をしていたよ。水に潜ろうとする海人は）

巻七―一三二二
伊勢《いせ》の海《うみ》の　白水郎《あま》の島津《しまつ》が　鰒玉《あはびたま》　採《と》りて後《のち》もか　恋《こひ》の繁《しげ》けむ
（伊勢の海の海人の島津の持っている真珠、その立派な玉は、この手に入れてからのちでも、なお慕わしい思いを募らせるのであろうか）

巻十一―二六二二
志賀《しか》の白水郎《あま》の　塩焼《しほや》き衣《ころも》　なれぬれど　恋《こひ》といふものは　忘《わす》れかねつも
（志賀の海人の塩焼きの衣、その仕事着が萎《な》れ汚れているように、馴れ親しんだ仲だというのに、恋の苦しみというものからなかなか逃れられない）

巻十一―二七四三
なかなかに　君《きみ》に恋《こ》ひずは　比良《ひら》の浦《うら》の　白水郎《あま》ならましを　玉藻刈《たまもか》りつつ
（なまじっかあの方に焦がれたりなどしないで、比良の浦の海人ででもあった方がましだ。毎日玉藻を刈りながら）

巻十一―二七九八
伊勢《いせ》の白水郎《あま》の　朝《あさ》な夕《ゆふ》なに　潜《かづ》くといふ　鰒《あはび》の貝《かひ》の　片思《かたもひ》にして
（伊勢の海女が朝夕の食べ物のためにいつも潜って採るという、その鰒の貝と同じくいつも片思いのままで）

巻十二—三一七〇
志賀《しか》の白水郎《あま》の　釣《つ》りし燭《とも》せる　漁《いざ》り火《ひ》の　ほのかに妹《いも》を　見《み》むよしもがも
（志賀の海人が夜釣りに燭している漁り火、そのちらちらする光のように、ほんのちらっとでもよいからあの子の姿を見るきっかけがあったらなあ）

巻十三—三二二五
天雲《あまくも》の　影《かげ》さへ見《み》ゆる　こもりくの　泊瀬《はつせ》の川《かは》は　浦《うら》なみか　舟《ふね》の寄《よ》り来《こ》ぬ　磯《いそ》なみか
白水郎《あま》の釣《つり》せぬ　よしゑやし　浦《うら》はなくとも　よしゑやし　磯《いそ》はなくとも　沖《おき》つ波《なみ》　競《きほ》ひ漕《こぎ》
入り来《こ》　白水郎《あま》の釣舟《つりぶね》
（天雲の影までくっきり見える、隠《こも》り処《く》の泊瀬の川、こんな川なのに、よい浦がないので舟が寄って来ないのか。よい磯がないので海人が釣りをしないのか。たとえよい浦はなくても、たとえよい磯はなくても、沖つ波、そう、沖から寄せて来るこの波のようにわれもわれもと漕ぎ入って来い、海人の釣舟よ）

白水郎の用例は一一六七と一二〇四以外、歌われた土地がわかる。志賀（福岡県粕屋郡志賀町志賀島＝一二四五・一二四六・二六二二・三一七〇）、伊勢（伊良虞＝一二三、伊勢＝一三二二・二七九八）、滋賀（志賀津＝一二五三、比良の浦＝二七四三）、藤江の浦（明石市西部＝二五二）、四極（大阪＝九九九）、泊瀬の川（三二二五）に白水郎の用例がある。この白水郎の用例で注意すべきは、海人の本拠地として名高い志賀や御食《みけ》つ国《くに》であった伊勢などが多い、という点である。白水郎は万葉世界では海人を意味する普通名詞の用字なのである。

この白水郎について『万葉集』（二）の注釈は次のように記す（高木他校注、一九五九、四五〇）。

白水郎は太平広記（四九二）引用の霊応伝に「鄮県白水郎」と見える。鄮《ボウ》県はわが上代航通南路にあたり、明州（寧波）の鄮県（浙江省）である。淡海三船の「唐大和上東征伝」（鑑真東征伝）にも、渡日しようとした鑑真の難破遭難の条に、この地の「白水郎」に水や米をもって救助された記事がある。上代人は恐らく鄮県付近に住む白水郎を現実に見聞し、「白水郎」とは文献によらないで耳で聞いたことばではなかったか。白水郎は東征伝によれば、水に関係する漁民集団と思われ、卑しい特殊の民であったために文献にも六朝以前に残らず、水主として唐小説類などに残ったと思われる。このように見れば「白水」は、もと鄮県の白水の地と思われるが、現在この地名は残らない。或いは「崑崙白水之属」などによって漁民を示す普通名詞「白水郎」が生れ、特に南路にあたる鄮県の白水郎が有名になったとも思われる。いずれにしても上代人はこの海上付近で水の生活をする白水郎なる者（bor-shoei-lang）を

伊勢の海（筆者撮影）

眼で見聞し、文字化したものではなかったか。これを用い始めたのは、やはり南方航路にあたる「白水郎」を見聞した結果と思われる。「白水郎」を「泉郎」と見て、泉州地方の漁夫に出典をもつとの説もあるが、泉州はかなり新しい時代の州名で、やはりこれはよくない。

浙江省を含む越文化圏の「白水郎」が日本に渡来した、という確実な証拠はない。しかし、前述のように越系の水人の風俗は日本神話や考古遺物、そして『平家物語』に現れる。このことは、越系水人の文化要素が古くから日本に渡来していたことを示唆する。

「白水郎」は『肥前国風土記』にもあらわれる。『風土記』松浦郡の「大家嶋」の項に「景行天皇の時、天皇が土蜘蛛を滅ぼし、その後に白水郎がこの嶋に家を造って住んだ」という記述がある。また、「値嘉《ちか》の郷《さと》」の項に、値嘉嶋には蒲葵《びろう》（檳榔）や木蓮が生え、鮑や鯛など種類豊富な魚と海藻など海産物に恵まれていたことを記し、続いて「彼の白水郎は、馬・牛に富めり」と記す。『風土記』頭注には「延喜（兵部）式に値嘉島・庇羅《ひら》（平戸）島・生属《いきつき》（生月）島に馬牧、柏島・野島・早崎に牛牧が見える。松浦郡五島附近の島である」と記す（秋本校注、一九五八、四〇一）。そして福江嶋の美禰良久《みみらく》から遣唐使船が発船することに続き、「此の嶋の白水郎は、容貌、隼人に似て、恒に騎射を好み、其の言語は俗人に異なり」と記す。

森浩一は、考古学的に見て五島列島の小値賀島がこの記事に該当するようだと述べ、薩摩半島の北の隼人たちが作る地下式板石積石室、つまり板状に薄く割れた石で作った石室を地下にもつ特殊な墓に似たものが小値賀島にあることを指摘する（森、一九九七、二五五）。

また外山幹夫は「この地域の海産物と共に、さらに注目すべきものとして牛馬がある。すでに『肥前国風土記』には、庇羅郡に隣接する値嘉郷（五島）について、「彼の白水郎は馬・牛に富めり」として、この地の漁民が多くの牛馬を所有していることを示している。『延喜式』兵部式に、肥前国に官営牧場として六ヵ所をあげている。このうち平戸には庇羅馬牧として、馬の牧場のあったことを記している。この他、近くに生属馬牧（生月町）、⿰木垔野《のがき》牧というものを記している。⿰木垔野牧が牛馬の何れの牧か、またその所在も明らかではない。五島新魚目《しんうおのめ》町付近とみる説もある」と記す（外山、一九八七、三〇～三一）。

『風土記』や延喜式の断片的な記録から、遣唐使が旅立つ福江島はじめ五島列島の島々には白水郎が住み、牧で牛馬を飼育していたことがわかる。そして白水郎は隼人に似て、騎射を好み、肥前国の人とは言葉が違う、というのである。この記述から白水郎が漁撈や航海に従事するばかりではなく、馬上から弓を射ること、すなわち戦闘集団でもあったことが示唆される。

この白水郎のあり方は、同じく五島列島を本拠地にした戦闘集団を想起させる。それは、後代の倭寇である。網野善彦は、松浦党の一人、青方《あおかた》重の南北朝期の永徳三年（一三八三）の譲状に、五島列島の祝言《しゅうげん》島の牧に一年に小馬一疋を放すことが定められていること、同じ規定は応永三年（一三九六）の譲状にもみることができること（『青方文書』）を指摘し、小馬を毎年放つことによりその増殖をはかり、そして「馬は軍事的な用途に用いられる場合が少なからずあったに相違ない」と述べる。網野は十四世紀後半の倭寇が騎馬の大部隊であったことに注目し、その馬の主たる供給源は済州島であったとする先学の推測を紹介する。しかし網野は「西北九州の牧でもかなりの数の馬が飼育されているとすれば、松浦党をはじめとする西北九州の領主たちが、自らの牧で育てた馬に乗り、「倭寇」に加わったことは、推定する十分の根拠があるといえよう」と述べる。

そして、その伝統が、風土記の馬・牛に富み恒に騎射を好むといわれた「値嘉嶋の「白水郎」に

まで遡ることは確実である」と述べる（網野、一九九二b、二八〜二九）

外山幹夫は初期の倭寇について次のように述べる（外山、一九八七、七四〜七五）。

倭寇は、『高麗史』の高宗十年（一二二三）、すなわちわが貞応二年に「倭金州に寇《あだ》す」とあるのを以てその活動の最初であるとされる。しかし、事実はさらに古く遡る。それは「青方文書」にみえる清原是包《これかね》の行動がそれを裏付ける有力な事例である。清原氏は長崎県南松浦郡上五島町青方郷を本拠とする松浦党の一つ青方氏が発展する以前、同地や小値賀島で平安末から鎌倉初期に活動した豪族である。「青方文書」によると、是包は「狼藉を好み、民の煩を致す」というごとき人物であって、「高麗船を移し取る」という不法行為をした。そのため仁平二年（一一五二）、付近一帯の庄園宇野御厨の領家から勘当され、小値賀島の知行を没収されたという。いまだ平家政権の成立する以前のことである。一三年後、彼は小値賀島の知行を回復したが、その後彼は、平戸で何者かによって殺害されたという。「青方文書」にみえる彼の人柄といい、平戸にまで活動の足跡が及び、同地で殺害され、高麗船を略奪することといい、ここに朝鮮半島に臨む九州西北の島嶼部を基盤とする是包の海賊としてのありかたが窺えよう。倭寇の先駆的なものとして、受け止められる。

外山の指摘から、平安時代末期の十二世紀に倭寇的な海賊がすでに五島列島を本拠地として活動していたことがわかる。

白水郎には韓半島由来の者もいる。宮田登は海人の系譜のひとつを朝鮮半島の西海岸地方からの渡来とする先学の説を紹介し、その根拠を「『日本書紀』仁賢《にんけん》天皇六年の条の、難波玉作部《なにはのたますりべの》鯽魚女《ふなめ》が韓白水郎《からまの》はたけに嫁ぎ、哭女《なくめ》を生んだという記事によるが、韓白水郎が朝鮮半島から渡来した海人であり、哭女の民俗とかかわっている点が注目される」と述べる（宮田、一九九〇、一二）。

五島列島の白水郎は『風土記』の時代に、すでに平安末期の清原是包や倭寇につながる戦闘集団としての性格を有していた。また白水郎には大和の海人の他、越系、朝鮮半島系の者もいた。海上の道は遠い世界を結ぶ。中国、韓半島と日本の海人の民俗に同一の要素があることを、先学はたびたび指摘している。また、倭寇が国籍も身分も性別も問わない集団であり、アジア系のみならずヨーロッパ系の人々もその構成員だったことは夙に指摘されている。

漁撈や採集に携わり、遠洋航海を行った白水郎こと海人は、『万葉集』に歌われている。しかし、白水郎こと海人の実際の活動範囲と性格は、万葉世界の抒情とは全く異なる様相を呈していた、と考える。

戦闘集団としての白水郎は、交易従事者から海賊へと容易く互換する。前述のように宗像大宮司家、つまり宗像の海人の頭領家は十三世紀、博多の宋人綱首一族と婚姻を繰り返していた。当時の宋商のネットワークはアジアを遥かに越え、遠くヨーロッパに及んでいる。宋人綱首の船に宗像の海人が乗り組み、宋はもとより遥か遠い世界にまで航海していった可能性も考えられる。

海賊

前述のように、外山幹夫は平安時代末期の十二世紀に倭寇的な海賊がすでに五島列島を本拠地に活動していたことを指摘している。一方、西別府元日は平安時代の瀬戸内海地域の海賊について、興味深い議論を展開している（西別府、一九九五）。西別府は、奈良時代には海賊がそれほど大きな問題にはなっておらず、わずかに天平二年（七三〇）の詔に「京及び諸国に盗賊が多く、人家を劫奪したり海中で侵奪したりして百姓の被害が多いので、官司に賊を捉え必ず捕縛するよう命ずる」とあるのみであったのが、九世紀中葉になると海賊問題が正史に頻出するようになり、その最初のものは承和五年（八三八）の指令、「山陽、南海道等諸国の司に海賊を取り調べ捕えしめよ」である、と述べる。西別府によれば、海賊が突出した社会問題となる契機は貞観四年（八六二）の『日本三大実録』の記事であり、五月二十日条には次のようにある。近頃海賊が往々にして群れをなし、往還の諸人を殺害し、公私の雑物を掠奪する。備前国からの進上米、八十斛を船に載せていたところ海賊に遭い悉く侵奪され、百姓十一人が殺された。この日に播磨、備前、備中、備後、安芸、周防、長門、紀伊、淡路、阿波、讃岐、伊予、土佐などの国に下知をし、海賊追捕が命じられた。

西別府は「この備前国官米の強奪にみられる「海賊」行為は文字どおり集団的武力の行使であり、「海賊」集団が武装化し、「海賊」行為が日常化・継続される状況がうかがわれる。また、政府の指令では瀬戸内海各地でこうした武装「海賊」集団が出没しはじめていたことがうかがえ、備前国官米強奪事件が「海賊」追捕令発令の大きな契機になったことがわかる」と述べる（西別府、一九九五、三七四〜三七五）。

『万葉集』の年代のわかる最後の歌は、大伴家持の天平宝字三年（七五九）正月の巻二十―四五一六であり、この歌は『万葉集』全巻の掉尾を飾る。万葉の編者と目される家持は延暦四年（七八五）に没するので、『万葉集』は家持没年前までには完成したとみられる。万葉の同時代、天平二年（七三〇）に盗賊や海賊の存在を示す詔が出され、その百余年後の承和五年（八三八）の指令、貞観四年（八六二）の海賊追捕の下知と、海賊問題が折々に正史に登場するようになる。

前述のように、万葉の海人の背後には外洋航海従事者としての海人、交易や海賊業にも携わる海人の姿が見え隠れする。万葉で歌われた海人、そして彼らの末裔が海賊として正史を賑わせた可能性を、ここで指摘しておく。

西別府は、この貞観四年（八六二）の指令以後、貞観七、八、九、十一年に相次いで「海賊」取締まり令が出されており、貞観九年には度重なる指令によって海賊捕縛の実績も上ったが、やはり海賊行為があとをたたず、原因は海賊集団の移動性と各国の国司間の連携の悪さにある、と『日本三代実録』に記されていることを指摘する。そして一連の指令が功を奏したのか、貞観十一年の讃岐国の海賊男女二名捕獲以後は海賊記事がしばらくあとをたち、次は十二年後の元慶五年（八八一）の海賊追捕の指令であったという。

西別府はまた、九世紀中盤以降、政府が海賊の跳梁を問題にするとき、集団の構成や地域性から見て海賊を二つに大別していたことに注目する。つまり政府は海賊集団の居住地と考えられる摂津・山城・播磨などの水陸交通の要衝地域を対象にした指令と、この地域を含みながら他の内海諸国地域に重点をおいた指令とを、意識的に区別していた。前者は単純な海賊ではなく、群盗行為をなし王臣家と密接に関係した交易集団が想定され、国司だけでは対応できず、検非違使の投入が必要だったというのである。西別府は、国司の治政によって終息させうる海賊と、中央政府が規制できない海賊集団を区別して考える必要があると指摘する。

西別府は、九世紀に盗賊行為をする西海道の人々の階層を区分した藤原保則の文をあげ、「良家の子弟や貴族の従者など編戸の民ではない者たちが賊の渠帥《きょすい》［筆者注――悪人のかしら］となり、それが相互に連携して集団化した場合と、飢寒に逼迫されて盗賊行為を働きながらも必ずしも凶狡の心をいだくにはいたっていない場合との二層に大別されている」と述べる（西別府、一九九五、三八二）。そして、おおよその傾向は畿内と瀬戸内海諸国でもさして相違せず、盗賊集団のみならず海賊集団にも同様の階層性を想定することができるのではないかとし、海賊の大半は保則の区分の後者であったと考えられる、と述べる。西別府は、海賊の階層性や地域性は錯綜しており、単純に図式化することは慎まなければならないと指摘する。

平安時代の承平四年（九三四）の年末、土佐守だった紀貫之《きのつらゆき》は任期を終え、帰京した。その五十五日の旅程『土佐日記』には、海賊に言及した箇所がある。

まず承平五年（九三五）一月二十一日、室戸岬を廻った船上で、船君が白波を見て「国より始めて、海賊報いせむといふなることを思ふ上に、海のまた恐ろしければ、頭も皆白けぬ」（白波は盗賊の別名なので、海賊に思いをはせる）とある。そして二十三日、阿波（徳島県）で「日照りて曇りぬ。このわたり、海賊の恐りありといへば、神仏を祈る」、北風が悪くて船出しないままの二十五日、「「海賊追ひ来」といふこと、絶えず聞こゆ」とある（西山、二〇〇七）。

阿波国に入って二十六日、「まことにやあらむ、「海賊追ふ」といへば、夜中ばかりより船を出し漕ぎ来る道に、手向けする所あり」とある。手向けとは航海安全を祈り、神に供え物をすることである。日記では梶取が手向けの場所で幣を奉納すると、折よく順風が吹き、船は順調に航海を続けたとある。

そして三十日、土佐泊（鳴門）から阿波の鳴門海峡を渡る。日記には「雨風吹かず。「海賊は夜歩きせざなり」と聞きて、夜中ばかりに船をだして、阿波の水門を渡る」とある。翌朝、和泉灘に至り、乗船した日から数えると三十九日になることを述懐した後、「今は和泉の国に来ぬれば、海賊ものならず」とある。

西山秀人によれば、承平二年（九三二）と同四年に追捕海賊使が定められ、同四年の冬には伊予国喜多郡で三千余国の穀物が海賊に略奪され、貫之帰郷後の承平六年には藤原純友が伊予国日振島に千余艘の船を浮かせ、官物私財を強奪し、人々を殺害したという。また紀淑人《きのよしひと》を伊予守に任じて海賊追捕を徹底的に行わせたところ、二千五百人が投降したという。西山は、紀氏が元来は武芸兵法に秀でた家柄で、貫之もその流れを汲んでおり、貫之在任中は土佐周辺で海賊は暴れなかったようだが、あるいは貫之が厳しく取り締まっていたのかもしれない、と指摘する（西山、二〇〇七、一〇七）。

西別府、そして西山の指摘は平安時代の瀬戸内海、そして四国周辺の海が海賊の海でもあったことを示す。このことは万葉の海人と呼ばれる人々について考える際、大きな示唆を与える。すなわち、彼らが漁撈と航海に携わり、男女ともに海人として同じ働きをし、都人の旅先の抒情を掻き立てるだけでなく、海賊稼業を行っていた可能性もある、ということである。

海人と権力

古来、海人は権力と結びついていた。記紀の記述から、それを見て取ることができる。岡田精司は応神天皇の母、神功皇后の朝鮮出兵の帰路と神武天皇の東征伝承にいくつかの共通点をあげ、ともに一旦紀伊に南下していることに注目する。岡田は先学の説もふまえて応神天皇を記紀系譜の上で遡りうる最古の天皇とする。そして「神武・神功両伝承ともに、紀伊を廻ってから大和に入っているのは、河内から大和盆地へ攻入るのに、河内大王家＝天皇家は、紀氏一族の協力を得て、紀ノ川沿いに宇智郡方面から攻込んだと考えることが可能となろう」と述べる。

岡田は「紀氏が海浜の地を占め、水軍をもって瀬戸内海から朝鮮まで勢威を振った」という先学の見解をあげ、「河内・和泉方面の海岸平野を支配下においた天皇家と、紀ノ川流域を占めた紀氏とは、同じく海に伸びる勢力として海外問題などにおいて利害を共通にし」、「天皇家の発展の前提として、瀬戸内海の掌握が不可欠であり、紀氏の水軍の協力なくしては、天皇家の畿内制覇は不可能だったにちがいない」と述べる（岡田、一九六九、四四〜四六）。

岡田は、紀氏の氏神の日前神宮《ひのくまじんぐう》の御神体の鏡が、天の岩戸開きのときに作られたとする異伝の存在を指摘する。このことは日前神宮の神鏡が伊勢神宮の神鏡と同時に作られたことを意味し、紀氏もまた天照大神を守護神としているということになる。岡田は、太陽神は天皇家のみの独占物であってしかるべきなのに、天皇家の守護神と同体のものを一氏族の氏神と称することが公認されていたことを、全く特異な現象と述べる（岡田、一九六九、四五）。

本位田菊士は先学の見解をまとめ、「紀伊水門もしくは男の水門は、紀ノ川河口の名草郡から海部郡にかけてのデルタ地帯を指し、紀臣一族に率いられ朝鮮経営や外征に活躍する紀伊水軍の根拠地であった」と述べる。また、土着の紀国造は水陸の要衝「紀水門」を掌握することによって経済力を高め、岩橋千塚古墳群はこの地に君臨した紀国造集団の強大さをまざまざと示す歴史的記念物であり、「敏達紀十二年条に、紀国造押勝が吉備海部直羽嶋とともに朝命を受け日羅を迎えるため百済に派遣されているから、紀国造一族も紀伊水軍の一翼を担ったのは疑いない」、と述べる。そして孝元記の系譜ほかを分析し、紀ノ川ルートと古代瀬戸内交通の関連性を指摘する（本位田、一九九〇、三六四～三六五）。

河内大王家を軍事的に補佐した水軍の長であり、古代には宗教的に天皇家と並ぶ太陽神信仰を持つことを黙認されていた紀氏の、都における末裔が紀貫之、そして紀淑人である。紀氏の紀州在地の勢力は、紀伊国造家で、代々日前神宮と国懸《くにかけすじんぐう》神宮の宮司をつとめていた。海賊の猖獗《しょうけつ》する四国の海に、平安時代、紀貫之や紀淑人が派遣されたのは、彼らと関わりのある紀氏の水軍が海賊の抑止力として未だに十分な役割を果たすと朝廷が認知していたことを示しているのかもしれない。

岡田は、大和の国造、倭直《やまとのあたひ》の始祖が、神武天皇を案内した前述のシヒネツヒコであることを指摘し、五世紀の朝廷で海人が天皇の側近にあって、親衛軍的な役割を果していたことを示す説話をあげる。そして海人が膳部や湯坐としても奉仕していた痕跡が認められることから「四世紀に河内の地方豪族であった天皇家も海人と密接な関係にあり、四世紀末の大和入りの際の直属兵力の主体も海人の集団であったと思われ」、また「六世紀に入って近侍として国造から貢上される舎人の制が成立する以前の、五世紀の大王家の近侍集団としては、海人の集団が中核的な存在ではなかったか」と述べる（岡田、一九六九、四七～四八）。

『古事記』には仁徳天皇の大后、石之日売《いはのひめ》を怒らせた海人の頭領の娘が登場する。それは黒比売《くろひめ》である。記によると、仁徳天皇のもとにいた吉備の海部直《あまべのあたへ》の娘、黒比売が吉備に帰る際、天皇は高台から比売が帰るのを見て「沖辺には　小船連らく　くろざやの　まさづ子吾妹　国へ下らす」と歌った。この歌に怒った石之日売は黒比売を船から追い下ろし、歩いて行かせた。

土橋寛は、吉備の海部直の語釈に、「「海人」は単なる漁民だけでなく、海上輸送、交易に従事するものも含んでいるから、海部を支配する地方豪族の中には、有力豪族もある」と述べる。そして、吉備海部直も海軍力を持った豪族で、一族の中には海外に派遣された者たちもいることを指摘する（土橋、一九七二、二二五）。

河内大王家＝天皇家が畿内で突出した権力を握っていたとしても、天皇の周辺には王にいつ取って代わるかわからない勢力が出入りしている。権力に従属しながらも自らの勢力を誇る者が、吉備の海部直ではないか。

本位田は「五世紀代の王権（河内王家）は、海へ向っての活動が最も盛んで、当時の大王は水軍や海人族の協力によってしきりに朝鮮半島に出兵していた」と述べる。本位田によれば、先学は『三国史記』新羅本紀の「倭人」「倭兵」の襲来記事の分析から、季節的に夏に片寄り海を渡って襲来し、韓半島の南辺・東辺のみを攻撃していること、長期的な土地の占領はせず、人間や物資の掠奪を目的にしていることを明らかにしている。先学は、倭兵を日本から来た季節的海賊と推測し、このような軍事行動を推進した「河内大王家」を〝海の大王〟と呼称する場合もあったという（本位田、一九九〇、三七〇）。

権力を保持、拡大するために海人族を手足として使った河内大王家は、漁撈や交易は勿論、掠奪される側からは海賊、あるいは後世の倭寇の頭領としか思えない行動もとっていたのである。河内に巨大な古墳群を残した大王たちの富がいかにして蓄積されたのか、その答えの一端がここにある。

なお地方の海人族でありながら中央の権力と深く関わった氏族がいる。それが九州の宗像氏である。宗像氏の奉斎する宗像神社は航海の神である宗像三女神を祀る。宗像神社の沖津宮は玄界灘の只中の沖ノ島にあり、祭祀遺跡が出現する四世紀以降は海の正倉院といわれるほど国際色豊かな奉献品を誇る。

小田富士雄によれば、沖ノ島祭祀遺跡の第Ⅱ段階の岩陰祭祀遺跡の遺物が五世紀後半から六世紀代の日韓両国の古墳の遺物と照合でき、古新羅時代遺物の金製指輪・金銅製馬具・鋳造鉄斧、西域系ガラス碗（ササン朝ペルシャ系の凸出円文切子ガラス碗）などの将来品があるという。そして第Ⅲ段階の半岩陰半露天祭祀の遺物は七世紀のものとみられ、舶載品が古新羅から中国系へ移行し、東魏時代の金銅製竜頭一対や唐三彩長頸壺が存在することを指摘する（小田、二〇〇八、五一～五五）。

小田は、宗像三女神は大和政権が朝鮮半島とかかわるようになると国家神として遇されるようになり、それは大陸交渉上の軍事・外交ルートとして玄界灘航路こと海北道中の往来が益々重視されるようになった背景による、と指摘する。第Ⅳ段階の露天遺跡には十個をこえる三彩坩《さんさいかん》があるが、この三彩坩は唐三彩を模して奈良で焼成された奈良三彩の壺で、同時代の海路の祭りにかかわったとされる大飛島《おおひじま》（岡山県）や神島《かみしま》（三重県）とも共通し、中央政権との深い関係が推察される、と述べる。さらに同遺跡からは皇朝銭《こうちようせん》「富寿神宝」（八一八年初鋳）も発見されている。

小田は、宗像氏の奥津城と推定される津矢崎《つやざき》古墳群の古墳のほとんどが沖ノ島祭祀遺跡の第Ⅰ段階の時代から第Ⅱ段階に相当し、大和政権の主宰する国家型祭祀の現地司祭者として、また海北道中のパイロットとして宗像氏が地位を向上させていった背景が推察される、と述べる。そし

宗像大社中津宮（筆者撮影）

て宗像氏の中央進出の足がかりは胸形（宗像）君徳善の娘、尼子娘が大海人皇子（天武天皇）の妃となり、第一皇子、高市皇子を生んだことにある、とする（小田、二〇〇八、五五）。

高市皇子は、父の大海人皇子が大友皇子と戦った壬申の乱において活躍したことで知られる。母の地位が高くなかったため皇位を望むべくもなかったが、天武天皇と持統天皇を両親とする皇太子、草壁皇子が没し、持統天皇が即位すると太政大臣となった。『万葉集』には柿本人麻呂による高市皇子尊の挽歌（巻二―一九九～二〇二）が残されており、二〇二の左注では皇子を後皇子《のちのみこの》尊《みこと》と称する。大海人の名を持つ父と、尼（あま）子娘という母の間に生まれた高市皇子は、海人の一大勢力であった宗像氏の力を背景に、臣下としては最高の地位にまで上りつめたのではないか。

地方豪族の墓としては傑出した副葬品を持つ宮地嶽《みやじだけ》古墳が胸形君徳善の墓と比定され、隣接するガラスの有蓋短頸壺を蔵骨器とする火葬墓が、父・徳善のもとに帰葬されたとされる尼子娘の墓と比定される説を、小田はあげる（小田、二〇〇八）。

宮地嶽古墳は全国で二番目に大きい全長二十三メートルの長大な横穴式石室を擁し、副葬品である復元長二・四メートルに及ぶ巨大な金銅装頭椎大刀《かぶつちのたち》は王権からの下賜品と考えられる、という。高市皇子と御名部皇女の子で胸形君徳善の曾孫である長屋王は、草壁皇子と元明天皇の娘で、元正・文武両天皇の妹である吉備皇女と結ばれた。長屋王邸からは「宗形郡大領鯛醬」「宗形郡大領鮒鮨」と書かれた木簡が出土する。これは宗像郡から鯛の醬油漬けや鮒鮨が平城京へ献上されたことを示している、という（伊都国歴史博物館編、二〇〇八、三四〜三五）。

宗像郡は神郡として優遇され、宗像君も神郡郡司として特権を保証されていた。しかし、長屋王変（七二九年）を境に徐々に宗像君に対する統制が強化され、やがて遣唐使派遣中止（八九四年）をもって朝廷による沖ノ島祭祀が途絶える（伊都国歴史博物館編、二〇〇八、三六）。宗像頭領家はその後、前述のように十三世紀宋人貿易商人の博多綱首の娘と二代にわたって婚姻を繰り返す。対外貿易を介して、宗像氏と宋商が親密な関係にあったことを示すこの事実は、かつて権力の中枢に接近した海人、宗像氏とは別の相貌を見せる。協力者は持つものの、権力に拠らず、宗像の神を奉斎しながら私貿易に励み、富を蓄積するあり方である。

大歳の亀と甕

「大歳の亀」という昔話がある。松浪久子は「昔話「大歳の亀」伝承と伝播」において、「大歳の亀」の分布と話型の差異を詳細に分析している。松浪によると「大歳の亀」とは次のような話である（松浪、一九八二、二八五〜二八六）。

本話は、大歳の夜に物言う亀を発見し、それによって富み栄えるという致富譚である。正直で心のやさしい男が大歳の夜、餅を搗こうにも米がないので、山から餅搗き杵（あるいは薪）を伐ってきて、「どうして年をとろうか」と独り言を言うと橋の下から物言う亀があらわれる。その亀に物を言わせてたくさんの金品を得る。隣の爺（あるいは兄）が真似て失敗するというものであり、後半はさらに発展して隣の爺が亀を殺して捨てるとそこから一本の竹が生え、その竹が天の金倉を突き破り金・銀が降ってくる。あるいは亀の死骸を焼いた灰をまくと枯れ木に花が咲く。隣の爺が真似てまた失敗するというように、「花咲爺」にまでつながっていくものもある。

松浪は、「大歳の亀」の地域的分布状況が、東日本では宮城・新潟の五例のみ、西日本においても四国の五例を除けば、圧倒的に北九州と南西諸島に伝承の片寄りがみられることを指摘する（松浪、一九八二、三〇六）。

松浪は韓国の「真似する石亀」が本話に類似しているとして、先学のまとめた話型を次のように紹介する（松浪、一九八二、三三二）。

一　不思議な石亀。
（一）兄は欲ばりだから若干の財産を弟に与えて家を追い出した。
（二）弟は山に柴刈りに行ってどんぐりの実を拾い、親にあげるため袋に入れた。
（三）すると口をきく石亀が現われ真似をするので不思議に思い家に持ってきた。

二　石亀のために弟は金を儲ける。
（一）弟は石亀を市に持って行った。
（二）大勢の人が真似をする石亀をみてお金をくれた。
（三）そのため弟は金持ちになった。

三　兄の失敗。
（一）欲ばりの兄は石亀を借りて市に持って行ったが、石亀は応じなかった。
（二）弟は兄が殺した石亀を庭に埋めた。するとが木がはえてそこから宝物がこぼれ落ちた。

(三) 兄が木の枝を持って自分の庭に植えたが汚れ物が落ち、家が流された。
(四) 兄は深く反省した。弟は兄を迎え幸福に暮らした。

松浪によれば、韓国には石亀に対する特別な心意があるという。松浪は、国際的には「二人の旅人」と呼ばれる欧亜型の昔話が韓国に伝播し、物言う動物が石亀に固定されて「物言う亀」の昔話が形成され、それが日本に伝播したのではないか、と指摘する。本話が九州西部に濃密に伝承されている理由が韓国からの伝播とすれば理解しやすい、というのである。また南西諸島へは大歳の概念が本土的正月になってからの、近時の伝播であると考えられると述べる。なお、本話の空白地帯は、物言う動物の話の類型である花咲爺や雁取爺などの話に吸収されてしまったか、世間話化が進み昔話と認定されず、報告されていないとも考えられる、とする（松浪、一九八二、三二一〜三二三）。

この「大歳の亀」の韓国からの伝播、そして九州西部を経て南西諸島、四国に拡散し、その他は新潟、宮城に分布するというあり方は、きわめて興味深い。その伝播が陸上経由ではなく、海上経由であることを示唆するからである。「大歳の亀」が海上交通を担う人々、すなわち海人に好まれ、ある時代に本話の空白地帯を飛び越える形で九州西部から新潟、宮城へ運ばれたのではないか。文字をもって思考する人々が限られていた前近代、昔話や伝承は子供に聞かせる話のみならず、主に大人に享受されていたはずである。面白い話を巧みに語る海人が離れた地域から海上経由で渡来し、語る。そのようにして「大歳の亀」は九州西部から北へ、あるいは九州西部から南西諸島へ運ばれたのではないか。

松浪は、奄美諸島と沖縄県宮古郡伊良部村から、しゃべる「瓶壺《かめつぼ》」の話が報告されていることを指摘する。たとえば徳之島の話の発端は「昔ね、正直な男がおって、その男が瓶壺を拾ったっちな。その瓶壺が家へ持ってきたら、物言うたっち。なんて言うたかと言えば、「師走の田ガメが物言うたか」と、こんな言葉で言うたと」である。松浪は、先学が瓶と亀の混乱を指摘していること、奄美諸島では味噌瓶のことを「カムィ」と言い、イントネーションは異なるものの亀と同じ発音であること、奄美諸島に瓶に対する信仰があることなどから、瓶壺は、もとは亀であったと考えられるとする（松浪、一九八二、三二四〜三二五）。

本田碩孝も「もの言う亀」の話の解説に「カメは、動物の亀とものを入れる瓶の話もある」と記す。本田の採話でも、儲けようとしてもの言う亀を借りた兄がものを言わなかった亀を殺した描写に「亀を打ちわった」とある。また兄は亀を返すように求める弟に「カメィ（亀、カムィ）は叩きわった」と言うのである（本田、二〇〇七、二一六〜二一七）。「打ちわる」「叩きわる」とは、瓶に対して使うのが普通の用法である。

奄美諸島の味噌瓶の「カムィ」は、徳之島で十一〜十四世紀に稼動していたカムィヤキ古窯群のカムィと同音である。徳之島は花崗岩と石灰岩土壌で、燃料となる琉球松の森林があり、水に恵まれた島である。その徳之島でカムィヤキは高麗系無釉陶器の技法を用い鉄分の多い花崗岩風化土を胎土に高温で焼成され、南西諸島全域に流通した（新里、二〇〇七）。カムィヤキの窯跡が発見されたのは伊仙町阿三「亀焼」地内であり、カムィヤキが中世期に出荷されたであろう港の名は「亀津」（徳之島町）という。このカムィは瓶である。なお徳之島では以前は壺と瓶を画然と分けなかったという。徳之島においてカムィヤキに圧倒的に多い器種、瓶壺ことカムィが陶器の総称となった。このカムィヤキを南西諸島に流通させた担い手もまた、南西諸島の海人たちであろう。

カムィヤキの破片（徳之島亀焼、筆者撮影）

「大歳の亀」の瓶と亀の混同は、伝承の過程で、ある話者がカムィ発音の際に亀と瓶の類似に気付き、駄洒落として用いたものが残った可能性がある。話を語る際、亀と瓶の二つの要素を籠めることにより、聴衆の受けを狙った、ということである。カムィヤキに関しては、文字をもって思考しない時期が長かった南西諸島の一角の徳之島で、かつて盛んに行われた陶器（カムィヤキ）

生産と出荷の記憶が、カムィヤキ（瓶焼）、カムィツ（瓶津）の音のみ残存し、文字化されたある時期に亀の字が当てられたという可能性があろう。

奄美諸島においては、幸運をもたらす亀の昔話の主体が、瓶壺と語られることがあった。亀ではなく瓶壺がしゃべる例として、カムィヤキを焼成した徳之島の三例、カムィヤキが流通していた奄美大島住用村と宮古諸島の伊良部村の各一例を、松浪はあげる。カムィがこのように本話で混同されている理由の一つは、カムィヤキ焼成の地、徳之島で瓶と亀が混同されていることによる、と考える。また、瓶と亀が混在する語りを享受した人々の存在も視野に入れるべきであろう。

海人――漁撈と航海

従来、海人は、『万葉集』の文学世界の抒情を醸し出す触媒、漁撈採集や船を家（家船《えぶね》）とする海上生活者の民俗、地上の農耕従事者とは異なった習俗を持つため差別される側、などの観点から記述されることが多かった。勿論、それらも海人の多面的な要素の一部分を的確に切り取ってはいる。しかし、海人を抒情世界の中のみで、また漁撈採集民や被差別民としての枠のみで捉えることは、海人の本質からの乖離を招く。

海人は遠洋航海従事者であり、海上の道を熟知していた。海人によって珍奇な富は海上の道を運ばれ、貴族や鎌倉幕府の要人、そして後の大名たちに賞玩され、聴き手を喜ばせる面白い話も運ばれた。また、海人の持つ海上のネットワークにより、南西諸島のヤコウガイは奈良時代の日本に運ばれ、八世紀、古代の国産螺鈿《らでん》の技法によって正倉院宝物の紫檀螺鈿木画槽和琴の装飾の一部となった（高梨、二〇〇五、一四七）。このヤコウガイが奥州平泉の中尊寺金色堂の華麗な伽藍を飾る螺鈿細工の材料となっていることを、先学は繰り返し指摘している。この海人の海上ネットワークは、奈良時代には少なくとも日本周辺の海域を網羅していたはずである。

白水郎こと海人は、万葉時代、日本各地の海辺で漁撈採集活動を行っていた。一方、『風土記』の白水郎は既に後の倭寇に通じる戦闘集団としての要素を持っていた。交易に従事し、戦闘集団でもあった海人は、瀬戸内海沿岸では塩飽《しあく》諸島や大三島《おおみしま》などを本拠地とし、ある時は寺社に属して水軍を形成し、源平の争乱の時代にはそれぞれの利害にそって海上戦を行った。倭寇の構成員でもあった海人は、海上の道を自由自在に通航し、幾多の富と文化を運んだ。その海人の系譜は、幕末に咸臨丸《かんりんまる》に乗船し、操船に携わった塩飽諸島の海人たちにも引き継がれている。

海人と呼ばれる人々がいる。彼らは海人と呼ばれる以前から海上の広域な道を縦横に行き来し、文物や伝承を運んだ。海人の活躍なくして、日本の社会、経済、文化が形作られることはなかった。

歴史は文字ある者のみのものではない。文字資料を残さずとも豊潤かつダイナミックな足跡を残す者がいる。その足跡を辿り、文字という論理に頼らずに思考する世界の可能性を視野に入れることにより、新たな知見を得ることができる、という可能性を指摘しておく。

おもろ世界の鷲

『おもろさうし』の鷲

一六二三年に最終編纂されたと考えられる琉球の神歌集『おもろさうし』には鷲《わし》の用例が二十五例ある。その中には「世掛《よが》け鷲《わし》」（世を支配する鷲）や鬼鷲《おにわし》（強い霊力を持つ鷲）などの用例がある。また、鷲の毛を羽飾りにする、という「差羽《さはね》」の用例も見られる。これらの用例は鷲や鷲の羽に強い霊力を認めていることを示す。

鷲の二十五例の用例と、鷲の異称の「かく」の二例の用例は次のようになっている。（　）内はおもろの用例番号である。

- 鷲《わし》＝七例（二六九・一〇七八〔三例〕・一三四〇・一四四五〔二例〕）
- 鷲毛《わしけ》＝三例（一〇七八〔二例〕・一三六五）
- 鷲の嶺《わしのみね》（地名か。越来世《ごゑくよ》の主《ぬし》が上り、土地や海を見る場所）＝二例（七九・八〇）
- 鷲《わし》が舞《ま》やい富《とみ》（王府の船名）＝二例（七八七〔二例〕）
- 鷲《わし》の羽《はね》＝一例（六六三）
- 鬼鷲《おにわし》（勝れた鷲）＝三例（九六七〔二例〕・一二九一）

- 綾鷲《あやわし》（美しい鷲）＝二例（一三二三と一三八六の重複おもろ）
- 世掛《よが》け鷲《わし》（世を支配する鷲）＝二例（一〇四六・一三六二）
- 世持《よも》つ鷲《わし》（世を支配する鷲）＝二例（三五九と五〇二の重複おもろ）
- 見揚《みや》がの鷲《わし》＝一例（二六九）
- かく＝二例（一四四五〔二例〕）

また鷲の羽飾りの差羽の用例は次のようになっている。七〇五については、鷲かどうか不明である。

- 差羽《さはね》よらふさ（差羽のよらふさ神女）＝四例（一二〇八・一二一二〔二例〕・一三一六）
- 島討《しまう》ち奇《く》せ（島を討つ霊力のある美しい羽）＝二例（三五九と五〇二との重複おもろ）
- 綾差羽《あやさはね》（美しい差羽）＝一例（九〇三）
- 奇《く》せ差羽《さはね》（美しい差羽）＝一例（九〇三）
- 奇《く》せ（美しい羽、鷲ではないかもしれない）＝一例（七〇五）

日本神話では、神武天皇の東征の戦いの際に登場した金の鵄《とび》は著名だが、鷲が神話的働きを示すことはない。そこで、『おもろさうし』の鷲のイメージはどのようなもので、一体どこからもたらされたかを考えてみたい。

まずここに一点の鷲のおもろを示す。おもろは「点」で数える。

巻二十―一三六二
一大里《ざと》の鳴響《とよ》み杜《もり》ぐすく／世掛《よが》け鷲《わし》　捕《と》りよわちやる　勝《まさ》り
又差笠《さすかさ》が／君《きみ》の按司《あんじ》の　金鳥《かねとり》
又中辺頂《なかべつぢへ》／雲居頂《くもいつぢへ》　舞《ま》う鳥《とり》

このおもろを実際の歌唱の場で謡われたと想定される形にすると、次のようになる。

一大里《ざと》の鳴響《とよ》み杜《もり》ぐすく　世掛《よが》け鷲《わし》　捕《と》りよわちやる　勝《まさ》り
又差笠《さすかさ》が　君《きみ》の按司《あんじ》の　金鳥《かねとり》　捕《と》りよわちやる　勝《まさ》り
又中辺頂《なかべつぢへ》　雲居頂《くもいつぢへ》　舞《ま》う鳥《とり》　捕《と》りよわちやる　勝《まさ》り

このように又の後半部分は省略されており、一の部分の一部、このおもろでは「捕りよわちや

る　勝り」を補うことで謡われていた形になる、と考えられる。このおもろは短いが、長大なおもろもあり、繰り返しの部分を省略して記載し、一・又記号を付けたのはおもろを採録、そして記載した者の知恵である。

このおもろの大意は「大里（島尻郡大里村）の鳴り轟く杜ぐすくにて、世を支配する鷲を捕り給いたること、勝れている。差笠神女が、神女の中の最高の神女の、勝れた鳥（鷲）を捕り給いたること、勝れている。中空中天、空の頂を舞う鳥を捕り給いたること、勝れている」である。

オオワシ

差笠とは琉球的な神を祭祀する女性であり、神女《しんじょ》と呼ばれる。そして君は神女の階級で、高位の神女を意味する。琉球では神に近いのは女性とされ、女性が祭祀を担っていた。国王に対応するのは最高神女、聞得《きこえの》大君《おおきみ》である。王府の神女組織は王族の貴婦人が就任した高級神女達からなり、国王の治世の安定や戦勝予祝の祭祀を行った。その神女組織は聞得大君を頂点に、大君職、君職があり、高級神女達は三十三君といわれた。

按司は男性支配者を意味し、国王はおもろ世界で按司襲《あぢおそ》いと呼ばれることがある。君の按司は高位の神女の中で上にたつ者、つまり最高の神女である。そして金鳥《かねとり》のカネは美称辞で、勝れた鳥を意味する。この鳥は、中天高く雲のある高所を舞う鳥でもあり、鷲を意味する。

このおもろで興味深いのは「捕《と》りよわちやる　勝《まさ》り」（鷲を捕り給いたること、勝れている）である。このおもろは、大里の、神を祭祀する聖なる杜ぐすくで、差笠神女が鷲を捕ることを賛美している。

ところで「鷲摑《わしづか》み」という言葉がある。これは、鷲が鋭い爪で獲物を荒々しくとらえるように摑むということを意味する。これは鷲が摑むのである。対して、おもろでは神女が鷲を捕るとされる。これは勿論、比喩であり、実際に中天高く飛ぶ鷲を捕らえる、というわけではない。しかし、この表現は大変興味深い。

この表現はなぜ生じたのだろうか。それをこれから見ていく。なお、おもろ世界の鷲については、かつて吉成直樹との共著、『琉球王国と倭寇』（二〇〇六年）や拙著『『おもろさうし』と群雄の世紀』（二〇一三年）で指摘したことがある。それらの記述をふまえて論じたい。なお共著、拙著を直接引用した箇所のみ、出典を記す。

鷲を捕る

前掲の巻二十―一三六二のおもろでは鷲を捕ることが主題になっていた。そのほかにも、鷲を捕る、捕らせるというおもろがいくつかある。それは、次のようになっている。

巻十四―一〇四六
一安谷屋《あだにや》の杜《もり》に／鬼《おに》の君《きみ》　押《お》し出《い》で／世掛《が》け鷲《わし》／捕《と》りよわちやる　勝《まさ》り
又肝《きも》あぐみの杜《もり》に
又東《ひが》の浦《うら》の／御愛《みかな》しのてだの
又高清水《たかさうず》／さはの端《はな》　あいはる

（中頭郡中城村安谷屋の杜、敬愛されている杜に、鬼の君神女が押し出て、世を支配する鷲を捕り給いたること、勝れている、東方の浦の、敬愛する按司〔てだ〕の、水を堰き止めて作った高井戸、さは〔地名〕の高く切り立った所から、〔水が〕あい走り）

このおもろは、後半の「又東の浦の　御愛しのてだの　又高清水　さはの端　あいはる」が前半とどのようにつながるのか、ということが問題になる。おそらく、安谷屋の杜を含む地域の支配者が御愛してだで、その支配地には男性支配者の土木工事による高井戸があり、真水が豊かである、という意味だろう。なおてだは普通、太陽や太陽神を意味するが、おもろ世界では男性支配者をてだと称する場合もある。

このおもろでは、先にあげたおもろと同じように、鬼の君という安谷屋の神女が世掛け鷲（世を支配する鷲）を捕ることが賛美されている。

また、次のようなおもろがある。

巻七—三五九（巻九—五〇二との重複おもろ）

一聞《きこ》ゑ照《て》る君《きみ》ぎや／世持《も》ち鷲《わし》　取《と》りよわちへ／島討《しまう》ち奇《く》せ／按司襲《あんじおそ》いに　みおやせ

又郡君《こおりきみ》　選《ゑら》びやり

又さしふ　いせゑけり

又精軍《せいくさ》　立《た》つとゑば

（名高い照る君神女が世を支配する鷲をとり給いて、島を討ち取る霊能を持つ奇せ羽を国王様に奉れ、郡の上級の神女を選んで、神の依り憑くさしふ〔神女〕のすぐれた兄弟、霊能ある軍隊が立つといえば）

　このおもろは巻九―五〇二と重複している。重複おもろとは、ほぼ同じ詞句のおもろが別の巻にも記載されていることである。五〇二は「一聞ゑ《きこ》照《て》る君《きみ》や／世持《よも》ち鷲《わし》　乞《こ》よわちへ／島討《しまう》ち奇《く》せ／按司《あんじ》襲《おそ》いに　みおやせ／又鳴響《とよ》む照《て》る君《きみ》や」となっている。照る君神女は世持ち鷲を乞う、となっており、三五九のように世持ち鷲を取る、ではない。照る君が王府の神女であることは、一つ前の三五八のおもろが照る君とぐすく御殿《おどん》（首里王城の御殿）を謡っていることからわかる。

　このおもろでは、「名高い照る君」と「郡（地域の区画）の上級の神女を選ぶこと」、「さしふ（神が憑依する神女）の勝れた兄弟」と「霊能ある軍勢が立つこと」が対として謡われる。これは、照る君が中心となる祭祀に、選ばれた郡君が参加し、神の憑依する役目の神女の兄弟が霊能ある軍隊を構成し、軍が立つことを意味している。さしふは神が憑依する神女で、祭祀において重要な役割を果たしていた、と考えられる。そのさしふの勝れた兄弟もまた霊能が高く、そのため兄弟が軍を構成すると精軍（霊能ある軍）となるのはよくわかる。

　このおもろでは照る君が鷲を取り、その羽を島討ち奇せとして国王に奉れ、と謡われている。先にあげた一三六二と一〇四六は鷲を捕ることを賛美していたが、このおもろでは更に進み、鷲を取り、その鷲羽を島を討ち取る霊力あるものとして、国王に奉っている。世持ち鷲の羽が島討ち奇せなのである。実際に神女が鷲を取り、羽根を毟《むし》って国王に奉ったとは考えられないが、このようにおもろに謡われたことは重要である。
また、次のような綾鷲（美しい鷲）の用例がある。

巻十九―一三二三（巻二十―一三八六との重複おもろ）
一聞《きこ》ゑ差笠《さすかさ》が／鳴響《とよ》む差笠《さすかさ》が／綾鷲《あやわし》　寄《よ》せる　玻名城《はなぐすく》
又聞《きこ》ゑ玻名城《はなぐすく》／鳴響《とよ》む玻名城《はなぐすく》
又差笠《さすかさ》が／君《きみ》の按司《あんじ》の　金鳥《かねとり》
又屋富祖《やふそ》ころがま　ころがまに　取《と》らしよわ
（名高く鳴り轟く差笠神女が、美しい鷲を寄せる玻名城、名高く鳴り轟く玻名城にて、差笠神女が、神女の中の神女の勝れた鳥（鷲）、屋富祖（島尻郡具志頭村屋嘉比）の男達、男達に取らせ給え）

このおもろの重複おもろ、巻二十―一三八六は「一聞《きこ》ゑ差笠《さすかさ》が／鳴響《とよ》む差笠《さすかさ》が／綾鷲《あやわし》　寄《よ》せる　玻名城《はなぐすく》／又聞《きこ》ゑ玻名城《はなぐすく》　鳴響《とよ》む玻名城《はなぐすく》」となっており、一三二三の後半部分を欠く。
一三二三では玻名城が綾鷲を寄せること、差笠神女が勝れた鳥である鷲を男達に取らせることが謡われている。このおもろの差笠神女と前掲の一三六二の大里のおもろの差笠神女は同名だが、おそらく同一の存在ではない。差笠は祭祀の時に差す笠（傘）を原義とした神女職名で、王府の三十三君と称される高級神女の中には複数の差笠職がある。『沖縄古語大辞典』にはその差笠（佐司笠）の名称が次のように記されている（『沖縄古語大辞典』編集委員会、一九九五、八三九）。

佐司笠《さすかさ》・西の佐司笠・島尻佐司笠・恵良部《ゑらぶ》佐司笠・首里佐司笠

これらの差笠のいずれが大里、そして玻名城のおもろに登場したかは、わからない。ただし、一三六二にも一三二三にも「差笠《さすかさ》が　君《きみ》の按司《あんじ》の　金鳥《かねとり》」という詞句が出てくる。このことは差笠が神女の中の神女であること、そして差笠と金鳥（鷲）の関係が示されている。勝れた神女がとる鷲は勝れた鷲である、とされていたと考える。

鷲の霊能

鷲はおもろ世界でなぜ貴ばれたのだろうか。それは、前掲のおもろの世掛け鷲、世持ち鷲という鷲の名称に示される。世掛け、世持ち・世持つは世を支配することを意味し、不可視の霊力「せぢ」の名にもなっている。おもろ世界のせぢの発生の場所は、おぼつ・かぐらという天上他界、にるや・かなやという海の彼方の他界、てだ・てるかはという太陽神などがほとんどである。その他界からせぢは神女によって招請され、国王はじめ男性支配者に奉られる。せぢの機能は、支配力、戦勝、豊饒などである。
世掛けせぢ（三例）、世持つせぢ（三例）の用例は次のようになっている。せぢの登場する部分のみ示す。重複おもろはほぼ同じなので省略する。

巻一―二六（巻三―一四三との重複おもろ）
一聞得《きこゑ》大君《ぎみ》ぎや／世掛《が》けせぢ／降《お》ろちへ／按司襲《あんじおそ》いしよ／末《すゑ》　勝《まさ》て　ちよわれ〔後略〕
（最高神女、聞得大君が世掛けせぢを降ろして〔奉ったら〕国王様こそ行く末勝れてましませ）

巻二―六九
一安谷屋《あだにや》は　根《ね》　しやり／鬼《おに》の君《きみ》　手摩《てづ》て／世掛《が》けせぢ／廻《まわ》ちへ　持《も》ちへ　みおやせ〔後略〕
（北中城村安谷屋の人物〔支配者〕は、国の中心である、鬼の君神女は手を摩って祈って、世掛けせぢを廻して持って奉れ）

巻五―二二四
一首里《しより》杜《もり》ぐすく／鳴響《とよ》む世添《そ》い杜《もり》／世《よ》の果《か》報《ほう》　世持《も》つせぢ　みおやせ／又真玉《まだま》杜《もり》ぐすく

（首里城内の首里杜ぐすく、真玉杜ぐすくは鳴り轟く世を支配する杜、世の果報、世持つせぢを奉れ）

巻十二―七三六（巻二十二―一五一九との重複おもろ）
一聞ゑ《きこ》煽《あお》りやへや／せぢ　勝《まさ》て　降《お》れわちへ／世持《も》つせぢ／按司襲《あちおそ》いに　みおやせ〔後略〕
（名高い煽りやへ神女はせぢ勝って降臨し給いて、世持つせぢを国王様に奉れ）

以上のように、世掛けせぢ、世持つせぢは、王府の高級神女（聞得大君、煽りやへ）によって招請されたり、国王に奉られたりする。なお、二六の「聞得大君が世掛けせぢを降ろす」とは、世掛けせぢが天上他界から神女によって地上にもたらされたことを示す。また七三六の「名高い煽りやへ神女はせぢ勝って降臨し」は、祭祀の時に神女が天上他界に赴いて霊力を更新し、地上に降臨するという祭祀幻想が背景にある。天上他界で煽りやへが「せぢ　勝て」という状態になり、勝った世持つせぢを国王に奉ったのである。また、世掛けせぢ、世持つせぢは安谷屋の杜や、首里城内の聖域で男性支配者に奉られる。それは、これらのせぢによって支配力が充実するとされていたからである。

この世掛けせぢ、世持つせぢと同じ力を鷲が持っていたと認識されるから、世掛け鷲、世持ち鷲という鷲の名称がある。

また、鷲は不可視のものを知る霊能がある、とおもろに謡われる。その用例は次のようになっている。

巻五―二六九

一つるこにくけしや／良《よ》かるにくけしや／見揚《みや》がの鳥《とり》／見揚《みや》がの鷲《わし》
又中辺《なかべ》　舞《ま》う鳥《とり》や／雲辺《くもべ》　舞《ま》う鳥《とり》や
又鳥《とり》む　物知《し》ると／鷲《わし》も　物　知《し》ると
又久米《くめ》は　いなへやり／慶良間《けらま》　舞《ま》い越《こ》ゑて

（立派なにくけしや、良いにくけしや、立派な鳥、立派な鷲、中空を舞う鳥は、雲居を舞う鳥は、鳥も物事を知ると、鷲も物事を知ると、久米島をもはややりすごし、慶良間列島を舞い越えて）

このおもろでは、立派な、良い、にくけしやという人物がまず登場する。そして立派な鳥、鷲が中天高く舞い、物を知ることが示される。その鷲は、久米島、慶良間列島を舞い越えている。鷲が目指すのは沖縄島であろう。

また次のような用例もある。この用例は、おもろの混入部分にある。混入とは、一点のおもろに明らかに他のおもろの詞句が混ざっていることを言う。混入部分は別のおもろの一部なので、混入先のおもろとは意味が通じない。『おもろさうし』には時々、混入おもろが見られる。混入の理由は不明である。このおもろは鷲・かくが謡われる混入部分のみを示す。

巻二十一―一四四五
又此渡《このとう》　舞《ま》う鷲《わし》の／又大渡《と》　舞《ま》うかくの
又鷲《わし》や　物知《し》ると／又かくは　物知《し》ると
又大金思《ちやかねも》い　誇《ほこ》て／又若清《わかきよ》らよ　誇《ほこ》て
又首里杜《しよりもり》　向《むか》て／又真玉杜《まだまもり》　向《むか》て
又袖垂《そでた》れて　舞《ま》うて
（この海〔海峡〕を舞う鷲の、大海を舞うかく〔鷲〕の、鷲は物を知ると、かくは物を知ると、敬愛する大金は喜び誇って、若く美しい人は喜び誇って、首里杜・真玉杜〔首里城〕に向って、袖がすっと垂れるように舞いをして）

この混入部分の前半は失われている。この部分からは、鷲が大海を舞うこと、鷲・かくは物を知ること、若清らと美称される大金思いという人物が喜び誇ること、首里城内の聖域、首里杜・真玉杜に向うものの存在、滑らかな様子で舞う存在、などが謡われていることがわかる。ここで、首里杜・真玉杜（首里城）に向う存在は鷲だと考えられる。

また「袖垂れ」だが、島村幸一は船が「風に従って走ることを表す表現であると考えられる」と述べる（島村、二〇一二、八〇）。『おもろさうし』には「袖　垂れて」の用例は一四四五を入れて八例（一〇四〔二例〕・七五〇・八五六・八七八・九〇三・九二八・一四四五）ある。そして、一〇四の二例と一四四五以外は、船の順調な航海の様子を謡う。

一〇四は「大君《きみ》　鳴響《とよ》む国守《くにも》りや／袖《そで》　垂《た》れて　適《かな》わせ」（大君、鳴り轟く国を守る方は、袖をすっと垂らすように従わせよ）「中西《にし》の鳴響《とよ》み浦《うら》のあす達《た》／袖《そで》　垂《た》れて」（浦添市中西の鳴り轟く浦の長老たちは、袖をすっと垂らすように）となっていて、航海のおもろの用例ではない。

それでは、一四四五の「袖　垂れて　舞うて」の主体が誰なのか、ということが問題になる。空を舞うのは鷲・かくである。したがって、鷲の滑空の情景が、袖がすっと垂れるように見えたということだと推測する。また、後述のように鷲は船と二重写しになる場合がある。具体的には、琉球船には猛禽類の目が描かれている。そのため、鷲の登場によって「船がすっと袖が垂れるように進む」という表現が想起され、ここに現れたとも考えられる。

二六九と一四四五はともに鷲（鳥・かく）が物を知ることを謡っている。この物とは一体何か、ということが問題になる。『おもろさうし』には「物知り」という語がある。『おもろさうし辞典・総索引　第二版』には、物知りについて「時をとる人（覡《とき》）の別名。広く万物の事象を知る人の意。

村人達は種々の相談に、物知りを求めたと考えられる」とある（仲原・外間、一九七八）。『沖縄古語大辞典』には「巫覡。覡（トキ）や三世相（サンジンソウ）の総称。物事について明るい人、広く万物の事象を知る人、が原義。村人達は種々の相談に、物知りを求めたという」とある（『沖縄古語大辞典』編集委員会編、一九九五）。このように物知りとは、目に見える世界だけでなく不可視の世界を知る者を意味する。

おもろ世界の鷲も、不可視の世界を知る存在である。かつて共著において「不可視のものを見ることのできる能力を持つ存在として鷲が謡われているのである。こうした存在であるがゆえに、鷲は王権の象徴とみなされたと考えられる」と述べた（吉成・福、二〇〇六、二〇八）。

池宮正治は二六九のおもろについて次のように述べる（池宮、二〇〇六、四七）。

「物知り」は単なる知識が豊かという意味ではあるまい。奄美沖縄では占いなどに関与する「物知り」がいて、霊的なモノを呼び出したり判定したりする。これは物の怪の「物」にも通じることばだと思われる。上のおもろは、鳥も鷲も物知ると歌うが、古琉球でも鳥は霊魂の運搬者として船を守護するものと考えられていたのではないだろうか。久米を経由して慶良間を舞い越えて那覇に向かう鳥＝船とは、中国から帰国する渡唐船であろう。

池宮の指摘のうち重要なのは、鳥＝鷲を船とみなし、渡唐船と考察している点である。後述するように、猛禽類と船はおもろ世界では二重写しにされることがある。
おもろ世界では鷲には世を支配する力があり、不可視の世界を見通すシャーマン的な能力があったとみなされている。そのような鷲を捕るとは、鷲に象徴される支配力とシャーマン的な能力を我がものにする、という意味がある。

鷲の地名

前述のように鷲は不可視の世界を知る存在である。その鷲の名がつく地名がおもろ世界に存在する。そのおもろは次の二点である。

巻二一七九
一越来《ごゑく》世の主《ぬし》の／鷲《わし》の嶺《みね》　ちよわちへ／今《いみや》からど　越来《ごゑく》は／いみ気《き》や　勝《まさ》る
又揚《あ》がる世の主《ぬし》の／古謝坂《こぢやひら》　ちよわちへ
（越来、揚がる世の主の、鷲の嶺、古謝坂にましまして、今からこそ越来は土地の霊気が勝る）

巻二―八〇
一越来《ごゑく》世の主《ぬし》の／鷲《わし》の嶺《みね》　ちよわちへ／東《ひが》の海《うみ》　見居《みよ》れば／白波《しらなみや》が　なごり　襲《おそ》う様《や》に
又揚《あ》がる世の主《ぬし》の
（越来、揚がる世の主の、鷲の嶺にましまして東の海を見ていると、白波がうねり押し寄せてくるように）

この二点のおもろは連続しており、越来の支配者（世の主）が、鷲の嶺、そして古謝坂で越来の土地と海を、あたかも鳥瞰するように見ることを謡っている。岩波文庫版の七九の脚注には「八〇と共に世の主の国見のおもろ」とある。なお世の主とは、按司のように男性支配者を意味する。また、国王も世の主と名乗ることがある。

国見の歌で名高いのは、「火山と竹の女神」でふれた『万葉集』の巻一―二の舒明《じょめい》天皇の御製歌である。大和三山の香具山《かぐやま》に上り、国見をした天皇は、「国原のけぶり（煙）」と「海原のかまめ（鷗）」を賛美した。天《あま》の香具山は標高こそ低いが、高天原《たかまのはら》（日本神話の天上他界）から降ってきた、という伝承がある。このことは、香具山が地上において高天原同様であったことを意味する。すなわち、香具山からは天皇が支配する世界すべてが鳥瞰できるとされていた。そのため、地霊を象徴する煙と、海原の恵みの豊かさを象徴する鷗が賛美されたのである。鷗は魚を捕らえて餌にするので、鷗がたくさんいることは、魚、ひいては海が豊かであることを示す。

七九と八〇は、越来の大地と海を世の主が鷲の嶺から見ていることがわかる。七九のおもろのいみ気は、他に三九三（おもろ歌人が喜び給うたからには、今からこそいみ気が勝る）、一〇〇九（与論島の神女が東方に通って、今からこそいみ気が勝る）、一二九四（与那嶺の大親が美しいヒヨドリを遊ばせたからには、今からこそいみ気が勝る）に用例がある。いみ気は『沖縄古語大辞典』には「土地の霊気。社会に害悪をもたらす邪気・悪気を払う清浄な気」とある。いみ気の四例の用例からは、何らかの祭祀行為を越来世の主、おもろ歌人、神女、役人が行うことによっていみ気が勝る、ということがわかる。八〇の海の波のうねりを謡うことにどのような意味があるかは、わからない。

越来は越来おもろ群（巻二―七一～八四）にまとまったおもろがあるほか、巻十四にも三点の連続したおもろ（一〇〇一～一〇〇三）がある。第一尚氏の尚泰久《しょうたいきゅう》王は、即位前は越来王子と呼ばれていた。また、第二尚氏の王子の中にも越来ぐすくを居城とした人物がいる。このことは、越来が第一尚氏、そして第二尚氏にとっても重要な土地であったことを示す。その越来の主である世の主が、鷲の嶺から越来の土地と海を見たのが、七九と八〇である。

筆者はかつておもろ世界で鷲が登場する場所を示した。それは次のようになっている（福、二〇一三、一九三～一九四）。

浦襲《うらおそい》（一〇七八）・山城《やまぐすく》（一三四〇）・玻名城《はなぐすく》（一三三三と一三八六の重複おもろ）・佐敷《さしき》（一二九一）・安谷屋《あだにや》（一〇四六）・大里（一三六二）・首里城（三五九と五〇二の重複おもろ）

そして、「王権と深く関わる土地や有力な按司のいた土地に鷲が謡われていることに気付く」と指摘した。浦襲は首里城に王都が移る以前、王城があった場所である。佐敷は明治時代まで続いた第二尚王統に先立つ第一尚王統の本拠地だった場所である。首里城は、第一尚王統から第二尚王統の王城である。そして、山城、玻名城、安谷屋、大里にはそれぞれ有力な按司がいた。

その中で佐敷のおもろをあげる。

巻十九―一二九一
一佐敷《さしき》門口《ぢやうぐち》に　鬼鷲《おにわし》の　羽撃《はねう》ちする　見物《みもん》
又西《にし》の門口《ぢやうぐち》に
（佐敷の門口にて、西の門口にて、鬼鷲が羽ばたきをしていることの見事さよ）

この短いおもろからわかるのは、鬼鷲が佐敷の門口にいる、ということである。つまり鷲は中天を飛ぶのではなく、佐敷の門口に捕らえられている。鷲が世を支配する力とシャーマン的な能力を持っているとすると、佐敷にはそれらを兼ね備えた男性支配者がいる、ということになる。それは、沖縄島を統一し、中山王となった尚巴志《しょうはし》であり、その父で第一尚王統初代の王となった尚思紹《しょうししょう》でもあろう。

第一尚氏の王と関係する鷲の用例がある。

巻十五―一〇七八
一君志按司襲《きみしあぢおそ》いや／鷲《わし》ど　栄《ふさ》よわる／上《かみ》下　世　そわて　ちよわれ
又馬御駄《うまみちや》も　鷲毛《わしけ》／鷲《わし》ど　栄《ふさ》よわる
又乗《の》り御駄《みちや》む　鷲毛《わしけ》／鷲《わし》ど　栄《ふさ》よわる
（君志按司様は、鷲こそ栄え給う、国中の世を支配してましませ、〔君志の乗馬の〕馬も、鷲毛である、鷲こそ栄え給う、馬も鷲毛である、鷲こそ栄え給う）

このおもろの君志は第一尚氏の王をさす。『おもろさうし辞典・総索引 第二版』には君志の項に「人名。第一尚王国の七王の内二王は「キミシ」という聖名をもっている。即ち尚思紹（キミシマムン）、尚金福（キミシ）である」とある。そして一〇七八は、そのいずれかである、とある。このおもろは浦襲おもろ群に位置し、第一尚氏の初期まで王城だった浦襲ゆかりのおもろである。

上下は南北に細長い沖縄島の北（上）から南（下）までを意味する。「世　そわて　ちよわれ」は世を支配してましませで、沖縄島全島を統一し、支配してましませの意味となる。その支配のあり方と繁栄が、鷲によって象徴される。そして、馬御駄、乗り御駄という共に馬を示す語のあとに、馬が鷲毛である、と謡われる。これは、馬の毛色が鷲のような色である、ということを示す。

この鷲毛の用例のもう一例は巻二十―一三六五にあり、「一我那覇《がなは》　鳴響《とよ》み／御駄《みちゃ》　鷲《わし》毛《け》／熊鷹《くまたか》の槍《やり》　栄《ふさ》よわれ／又浦崎《うらさき》に　鳴響《とよ》み」（島尻郡豊見城村我那覇、浦崎に鳴り轟く、御馬は鷲毛、熊鷹の飾りのついた槍は栄え給え）となっており、馬の体色の表現として鷲毛があったらしい、ということがわかる。

また、先にあげた巻二十―一三六二の「一大里《ざと》の鳴響《とよ》み杜《もり》ぐすく／世《よ》掛《が》け鷲《わし》　捕《と》りよわちゃる　勝《まさ》り／又差笠《さすかさ》が／君《きみ》の按司《あんじ》の　金鳥《かねとり》／又中《なか》辺《べ》頂《つぢへ》／雲《くも》居《い》頂《つぢへ》　舞《ま》う鳥《とり》」の舞台である大里には大里按司がいた。『おもろさうし』には大里おもろ群があり、沖縄島南部で権勢を誇ったらしい大里按司の面影を伝えている。この人物について、筆者はかつて次のように述べた（福、二〇一三、二〇七）。

大里按司が王の身内のような存在として謡われていること、そして下《しも》の世《よ》の主《ぬし》と重なり合うこと、などから大里按司おもろ群は史書の語る南山王のあり方、あるいは琉球に統一国家が存在しなかった時代の外国資料に登場する山南王や山南王子のあり方に引き付けて解釈することができる。しかし、茫洋とした無時間的なおもろからは、確かな歴史事実を読み取ることはできない。

南山王とは、琉球が三つの勢力に分かれて覇権を競っていたとされる三山時代（十四〜十五世紀）に沖縄島の南のエリア（山）を支配していた王である。また下の世の主とは、沖縄島南部（下）の権力者で、おもろ世界では「按司《あぢ》の又《また》の按司《あぢ》」「按司又の按司《あんじ》」と呼ばれる唯一の人物である。この人物も国王と親しいかのようにおもろに謡われることがある。おもろ世界の大里按司、下の世の主、そして史書の南山王や外国資料の山南王、山南王子の関係は不明だが、大里按司もまた、沖縄島南の権力者である。その大里按司の拠点だった大里杜ぐすくで鷲を捕らえることが賛美される。このことは、おもろ世界で大里按司が鷲に象徴される王権を確立していたことを示す。

佐敷按司は、後の第一尚氏の王であり、君志は第一尚氏の王である。第一尚氏、そして第二尚氏の王も中山王《ちゆうざんおう》を名乗った。そして大里按司は南山王に比定されることもある。また前掲の照る君のおもろ（三五九と五〇二の重複おもろ）からわかるように、首里城でも世持ち鷲をとると謡われる。このおもろは第二尚氏の王の軍勢のために鷲をとるのであろう。

　このように、おもろ世界の鷲は地方の男性支配者、そして三山時代の南山王に比定できる人物、第一尚氏の王、第二尚氏の王のもとに現れる。沖縄島が統一される以前の地方的な王達、そして統一後、まだ王権が確固たる地盤を築くとは言い難い時代、鷲はおもろ世界で王権の象徴となっていたのである。

鷲と戦い

　前述したように、鷲は王権の象徴であり、支配力を象徴し、不可視の世界を見通すシャーマン性を持っていた。そのほかに、鷲、そして鷲の羽は戦いにも霊能を発揮した。前掲の三五九のおもろには「聞ゑ《きこ》照《て》る君《きみ》ぎや／世持《よも》ち鷲《わし》　取《と》りよわちへ／島討《しまう》ち奇《く》せ／按司襲《あんじおそ》いに　みおやせ」（名高い照る君神女が世を支配する鷲をとり給いて、島を討ち取る霊能を持つ奇せ羽を国王様に奉れ）とある。このことは、世界を支配する鷲の羽に戦勝の霊力がある、とみなされていたことを示す。

　鷲が多くのシマの支配権を引き寄せることを示すのが、次の例である。

巻二十一─一三四〇

一山内《やまき》太郎兄部《たらすざべ》／良《よ》かる太郎兄部《たらすざべ》／百島《もゝしま》　引《ひ》き寄《よ》せる鷲《わし》
又今日《けお》の良《よ》かる日《ひ》に
又今日《けお》のきや〱ろ日《ひ》に
（山内太郎兄部、良かる太郎兄部、今日の良き日、今日のかかる日に、多くの島を引き寄せる鷲）

このおもろの山内太郎兄部は山内の貴人であり、おもろ歌人（おもろを作って謡う人）的な存在だったらしい。この人物がまず名乗り、吉日にことほぎのおもろを謡う、というのがこのおもろである。おもろでは、多くのシマを鷲が引き寄せる、となっている。この百島のシマは、島嶼のシマではなく、人が住むエリアとしてのシマ、百は実際の百という数字を表すのではなく、多くのという意味である。おもろの、「百島　引き寄せる鷲」は、鷲が多くのエリアの支配権を引き寄せる、と読める。この鷲の力は、呪力によって人々の心を寄せるといったものではなく、戦いに勝って多くのシマの支配権をわがものとする、という意味だろう。

また、次のようなおもろがある。

巻十三─九〇三

一北谷《きたたん》に　おわる／真太郎《またら》ひが親御船《おやお(う)ね》／せぢ　勝《まさ》て／島討《しまう》ち　勝《まさ》りよわれ
又国《くに》の根《ね》に　おわる／思《おも》い子《ぐわ》の親御船《おやおうね》
又押《お》し出《い》ぢへやり／走《は》りやさば／うらこしちへ　走《は》りやしよわ
又ぬき出《い》ぢやしやり　走《は》りやさば／袖《そで》　垂《た》れて　走《は》りやせ
又戦端《いくさはな》　立《た》ちよわば／綾差羽《あやさはね》　差《さ》しよわれ
又大国端《ぢやくにはな》　立《た》ちよわば／奇《く》せ差羽《さはね》　差《さ》しよわれ
（北谷、国の中心におられる真太郎様、思い子の立派な船、押し出して走らせたら、もどかしがって走らせ給え、目標を決めて走らせたら、袖がすっと垂れるように〔順調に〕走らせよ、戦の先頭、戦の先頭に立ち給えば、美しく霊妙な差羽を差し給え、せぢ勝って島討ちが勝れ給え）

このおもろでは北谷（中頭郡北谷町北谷）にましますの真太郎ひという人物が戦のために船を出し、その先頭に立ち、綾差羽・奇せ差羽を差している様子を謡っている。そして「一」記号の後半部では「せぢ　勝て　島討ち　勝りよわれ」と謡われる。この人物が霊力（せぢ）勝り、島討ちがかなうように、と予祝しているのである。

この人物が差す差羽は、前掲の三五九の、世持ち鷲の羽でできた島討ち奇せを思わせる。王府の軍が謡われるこのおもろにおいて、島討ち奇せは、文字通り島を討ち取る霊能がある羽飾りである。

このように鷲、そして鷲の羽飾りには戦勝をもたらす霊能があると認められていたようである。

鷲の羽飾り

前掲の三五九の島討ち奇せ、九〇三の綾差羽・奇せ差羽以外にも、おもろ世界には鷲の羽飾りが出現する。例えば、次のようなおもろがある。

巻十二―六六三
一首里《しより》　おわる　てだこが／思《おも》い子の遊《あす》び／見《み》物遊《あす》び　なよればの　見物《みもん》
又ぐすく　おわる　てだこが
又鷲《わし》の羽《はね》　差《さ》しよわちへ
（首里、ぐすくにおわす国王の思い子の遊び、見事な遊び、踊る様子の見事なことよ、鷲の羽を差し給いて）

岩波文庫版のこのおもろの脚注には「思い子の遊び」について「王の愛児の神遊びの様。ここは尚円王の娘」とある。第二尚氏初代の尚円王の娘は、初代の聞得大君に就任した月清である。このおもろが本当に月清の様子を謡っているかは措いて、首里・ぐすくにおわすてだこ〔太陽、太陽神の子〕とは国王なので、王の思い子、つまり王の愛児が鷲の羽飾りをつけ、美しい神舞をしているのは確かである。

また、おもろには差羽の用例がある。以下、その例をあげる。

巻十七―一二〇八
一　聞《きこ》ゑ今帰仁《みやきぜん》に／差羽《さはね》よらふさよ
又　鳴響《とよ》む今帰仁《みやきぜん》に
〔名高く鳴り轟く今帰仁〔国頭郡今帰仁村〕に差羽をつけたよらふさ神女よ〕

巻十七―一二一二
一　一《いち》のなより子《きよ》が／差羽《さはね》よらふさよ／仲地《なかち》げらへの　鳴響《とよ》み
又　聞《きこ》ゑ今帰仁《みやきぜん》に　差羽《さはね》よらふさよ
又　鳴響《とよ》む今帰仁《みやきぜん》
〔勝れた踊り手が、名高く鳴り轟く今帰仁に、差羽をつけたよらふさ神女よ、すばらしい仲地〔地名〕

に鳴り轟いている）

巻十九―一三二六

一久高《くだか》集《あつ》め庭《な》に／差羽《さはね》よらふさよ／知念《ちゑねん》が　見遣《みや》り欲《ぼ》しや

又肝《きむ》は　行《い》きよれどむ

（又）肝《あよ》は　行《い》きよれどむ

（久高島〔島尻郡知念村の沖の島〕の集め庭〔祭祀を行う場所〕に、差羽をつけたよらふさ神女よ、心〔きむ・あよ〕は行っているのだけれど、知念が見たい）

今帰仁のおもろに登場するよらふさ神女と久高島の神庭に登場するよらふさ神女は、おそらく同一人物ではない。おもろ世界には、今帰仁と久高島のほかに、首里のよらふさ（四一、「ゆらふさ」と記載されるが、よらふさと同じ）、久米島のよらふさ（三八一）などが登場する。よらふさは、神女の普通名詞と言ってよい。このように羽を差して祭祀を行う神女がおもろ世界に散見される。この鷲の羽飾りは神女に鷲の霊威を与えているのである。

そして、鳥の羽根を神女が頭飾りにする様子は、戦前、沖縄を訪れて祭祀の様子をスケッチした鎌倉芳太郎の『沖縄文化の遺宝』に残されている。『おもろさうし辞典・総索引 第二版』の「差羽」の項には「神女が鉢巻をして、それに鷲の羽を一本さす」とある。なお「海人考」でふれたように、羽根蔓をした人物についての言及が『平家物語』延慶《えんぎょう》本にある。これは俊寛の流刑の地であるキカイガシマの人物が羽根蔓をしていた、ということである。延慶本と周辺資料の記述から、木の皮をハチマキ状にし、それを羽根蔓と称していたらしいということはわかる。ハチマキ状のものに鳥の羽を挿していた、と考えられる。鷲の羽、ほか鳥の羽を頭に差す習俗は、長期にわたり、薩南から南西諸島の島々に存在していたのである。

船と鷲

前掲のように、池宮正治は二六九のおもろにおいて鷲を船とみなし、渡唐船と考察していた。鷲の用例の中には船と関係のあるものがある。まず、船名に鷲がつき、「鷲が舞やい富」となっている場合がある。その用例は次のようになっている。

巻十三—七八七
一聞《きこ》へ精《せ》の君《きみ》と　つゝ　取《と》りきやわちへ
又鳴響《とよ》む精《せ》の君《きみ》と

又精《せ》の君《きみ》が御船《おうね》や　鷲《わし》が舞《ま》やい富《とみ》
又按司襲《あぢおそ》いが御船《おうね》や　げらへ島討《しまう》ち富《とみ》
又鷲《わし》が舞《ま》やい富《とみ》と　げらへ島討《しまう》ち富《とみ》と
（名高く鳴り轟く精の君神女とつつ〔霊力〕を取り交わして、精の君の御船は鷲が舞やい富、国王様の御船はげらへ〔立派な〕島討ち時、鷲が舞やい富と、げらへ島討ち富）

このおもろは精の君が霊的に守護する船の名として、鷲が舞やい富があがっている。この船とげらへ島討ち富は対偶をなしている。島討ち富は文字通り軍船なので、鷲が舞やい富も軍船かもしれない。

池宮正治はこのおもろのつゝについて、「この語は和船の中央に立てる帆柱を受ける凹形の柱のことで、この下に船の守り神である船霊《ふなだま》を安置する例だった。琉球の船の民俗にも同様のものがあったことがこのおもろでうかがえるのである」と述べる。そして「とりきやわちへ」を「新旧の船霊を取り変へて霊力を更新する意であろう」とする。この船霊とは、船を守護する神霊であり、神体は日本では船主の妻の髪、サイコロ、人形などである。池宮は同論文で「近世には琉球の唐船の船尾舳屋にマソ〔筆者注――中国の航海守護の女神〕を祭ることも知られている」と述べる（池宮、二〇〇六、四一）。

また、次のようなおもろがある。

巻十三―九六七
一奥渡《おくと》　舞《ま》う　鬼鷲《おにわし》／つゝが上《うゑ》　使《つか》い／吾《あん》　守《まぶ》て／此渡《このと》　渡《わた》しよわれ
又渡中《となか》　舞《ま》う　鬼鷲《おにわし》／せひが上《うゑ》　使《つか》い
（沖の海を舞う鬼鷲は、船の帆柱を受ける太い柱の上、帆柱の先端に取り付ける滑車の上の神の使いだ、私を守ってこの海を渡し給え）

このおもろにも出てくる航海おもろの常套句、「吾《あん》　守《まぶ》て　此渡《このと》　渡《わた》しよわれ」の出現するおもろについて、島村幸一は九六七を除き、沖縄本島西海岸の主要な岬や島の神（神女）へ船上の船人が、無事にこの岬や島を通過させてほしいと祈るおもろであると述べ、「西海岸の航海ルートは黒潮が北上し、近世期における鹿児島への航海ルートである」と指摘する（島村、二〇一二、八四～八五）。

そして島村は、このおもろの『奥海《おくと》／海中《となか》」は排列からするとこれが島影が消えた奄美諸島以北の七島灘《しちとうなだ》の海を意味することになる」ので、『吾　守て　此の海　渡しよわれ」［中略］が沖縄からヤマト（本土日本）への航海のオモロに集中することを考えると、この常套句を持つオモロはヤマトへの航海歌であると考えられる」と述べる。七島灘の海とは吐噶喇《とから》列島のある海域であり、古来、航海上の難所である。その海域を渡る船を守護するのが鬼鷲である。

島村はこの鬼鷲を「ヲナリ神の化身だと思われる」と述べる（島村、二〇一二、八五）。島村が指摘するように、兄弟（ゑけり）が首里に行く時、その先導の鳥になって守護しようという姉妹（おなり）の立場から謡われるおもろが九九三にある。これはおなり神信仰という生き神信仰である。この信仰は、姉妹（おなり）は兄弟（ゑけり）に対して生まれながらに霊的に優位であり、姉妹が兄弟を守護するというものである。そして兄弟が航海に出る際、姉妹が鳥や蝶に化身して兄弟を守護する、とされている。

鷲を神女が捕らえるという前掲のおもろからは、神女は鷲よりも強力である、と言うことができる。そのような神女が、ゑけりを守護するため、おなり神であり、鬼鷲でもある存在に化身し、七島灘の海を渡る船の上を飛翔し、島影の消えた彼方の海域を鳥瞰して船を守護する、ということはよく理解できる。

鬼は前述のように『おもろさうし』では魔術的な霊能を誇る者を形容する場合がある。例えば、鬼の君南風《きみはへ》とおもろで呼ばれる神女がいる。この神女は久米島の最高神女で、王府の高級神女群の一員でもある。君南風は戦闘で霊能を発揮したことで名高い。風の名を持つ神女は、戦場を支配する風を呼び込む神女でもあった。

また命鬼《ゑのちおに》の殿《との》という人物がおもろに謡われている（一〇四四）。この人物は御嶽で鳴弦《めいげん》をする。弓弦を鳴らすのは、本土の魔除けの作法である。そして、この人物は田の上を舞う鳥を射落とす弓の名手である。そのような人物が鬼の殿と称されるのである。また前掲の一〇四六の安谷屋のおもろで、世掛け鷲を捕るのは鬼の君という神女である。世を支配する鷲を捕るのは強力な神女だという発想を認めることができる。

このように鷲は航海を守護する。この鷲の霊能は、前述の「鷲・かくが物を知る」ことと深く関わっている。おもろ時代の航海は風まかせの不安定なものであり、神霊の守護が不可欠だった。不可視の世界を鳥瞰し、確かな航路を指し、守護する者が信仰されるのは当然である。それがおなり神の霊力であり、鷲の霊能だったのではないか。なお、前述のように池宮正治は二六九のおもろについて「久米を経由して慶良間を舞い越えて那覇に向かう鳥＝船とは、中国から帰国する渡唐船であろう」と述べている。この指摘は渡唐船に実際に鳥の目が付けられていることと符合している。

琉球船と猛禽類

国立国会図書館が全国の図書館と共に構築している「レファレンス協同データベース」の「琉

球の船に描かれた目玉模様の意味と由来について知りたい」という質問には、沖縄県立図書館の回答として諸説があげられている（https://crd.ndl.go.jp/reference/detail?page=ref_view&id=1000169986）。そこに、高良倉吉の「古琉球における海事思想の状況　特にスラ所とトミについて」（高良、一九八八）という論文の引用がある。

『おもろさうし』には、スラに関連する言葉として「すで」があり、鳥の卵が孵化すること、転じて新しい命の誕生を意味した。つまり、スラ所とは、鳥が卵を巣の中で温め、やがて卵が孵化し、雛が成長して巣を飛び立っていく一連の営みに由来し、そのような営みを人間が代行して船を海に送るイメージと重ね合わせたところの言葉である。スラ所とは、船が生まれ飛び立っていく巣のようなものである、と古琉球の人々は考えたのであった。そのことを裏書するように、琉球では船を鳥にたとえる思想が存在した。大型船舶は猛禽類、とくに隼や鷲にたとえられている。

近世期の絵図の中に、船の船首に鳥の目と思われる文様を描く事例のあることも参考になる。このように、琉球人にとって船は鳥のイメージで捉えられていた。造船所を意味するスラ所は鳥の巣、巣を飛び立って海を帆走する船そのものも鳥であった。

高良の指摘するおもろは次のようなものである。

巻十三―七六〇
一首里《しょり》　おわる　てだこが／接《は》ぢやの細工《さいく》　集《あと》ゑて／羽撃《はねう》ちする小《こ》隼《はいふさ》　孵《すだ》ちへ
又ぐすく　おわる　てだこが
（首里城におわす太陽神の子、国王様が船大工を集めて、羽ばたきする小隼〔船〕を造船して）

巻十三―九〇一
一君南風《きみはい》は　崇《たか》べて／たすこ山《やま》　上《のぼ》て／撫《な》で松《まつ》は　げらへて／羽撃《はねう》ちがま　孵《すだ》ちへ
飛《と》ぶ鳥《とり》と　競《いそ》いして　走《は》りやせ
又うまのこが細工《さゑく》／真糸《まいと》の縄《なわ》　掛《か》けて
（君南風神女を崇敬して、たすこ山〔久米島の宇江城岳〕に上って、撫で松を〔船材に〕作り整えて、羽撃ちがま〔船〕を造船して、飛ぶ鳥と競争させて走らせよ。細工人〔大工〕のうまのこが、真糸の縄を掛けて）

巻十三―九〇八
一おゑたちの親《おや》のろ／親《おや》のろは　崇《たか》べて／浦《うら》　鳴響《とよ》む　羽撃《はねう》ち富《とみ》　孵《すだ》ちへ
又押《お》し分《わ》きの親《おや》のろ
又戦《いくさ》思《も》いころがま／けさ細工《さゑく》　戻《もど》ちへ
（おゑたちの親のろ神女、集落草分けの親のろ神女、親のろを崇敬して、浦に鳴り轟く羽撃ち富〔船〕を造船して、戦上手のお方が、立派な細工人〔船大工〕を招いて）

これらのおもろの「すだちへ（孵ちへ）」は『おもろさうし辞典・総索引 第二版』には「孵して。生んで。生み育てて。卵から雛にかえして。造船しての意にも使われる」とある。卵から雛が孵るように造船所を出た船は、羽撃ちする小隼、羽撃ちがま、羽撃ち富など鳥の羽ばたきのような名を持ち、九〇一では「飛ぶ鳥と　競いして　走りやせ」と祝福される。鳥と船が重ね合わされるのがこれらの用例からわかる。

また同データベースには池宮正治の論文「おもろの船三題」（池宮、一九七九）の引用が掲載されている。それは、次のようなものである。

山原船や馬艦船の舳には左右に大きな目があった。行先をにらみすえて、真直ぐに航行しようとしたのであろう。ともあれあの目は、鳥の目であった。しかも船は鳥であった。それも鷲や「はやぶさ」であった。船の舳の左右に目を入れるのは、沖縄だけではなく、中国や東南アジアの国々にも見られる。

池宮正治は「『おもろさうし』における霊力の諸相と表現」において前掲の九六七の鬼鷲を「魚を捕食するミサゴであろう。唐船の艫《とも》には羽を広げた大きな鷲の図が描かれていた。舳先《へさき》には虎

「貢進船図・琉球船図」(19世紀)
(東京国立博物館所蔵、「ColBase」
https://jpsearch.go.jp/item/cobas-119939)

面、鳥眼が描かれる。目的地へまっしぐらに到達する願意の表徴である」と述べる（池宮、二〇〇六、四二）。また、島村幸一は、首里の国王が造営した船の進水が「羽撃《はねう》ちする小隼《こはいふさ》 孵《すだ》ちへ」（羽ばたきする小隼を卵から孵して）と隼の孵化のイメージで謡われる前掲の七六〇について、「鳥の中でも猛禽類が船と重ね合わされるのは、猛禽類は霊鳥であり、これの勢いよく飛翔、滑空する姿が、船の理想的な航行と重なるからである」と述べる（島村、二〇一二、七五）。

ミサゴ

　この池宮と島村の指摘は、おもろの船の用例、そして鷲の用例を見ていくと納得できる。おもろ時代から、猛禽類と船は重ね合わされていたのである。

　前述のように、おもろでは鷲は物を知る、とされていた。おもろ世界の船と猛禽類の関係を知ると、鷲は中空を飛び、人間には不可視の世界を鳥瞰することによって航海の危険を未然に知り、それを回避するすべを知っていた、とされていたことがわかる。

祭祀と鷲羽——多良間島の嶺間按司

琉球の史書『球陽《きゅうよう》』の外伝で、民話や伝説を集成した『遺老説伝《いろうせつでん》』（十八世紀編纂）には、十四世紀後半に活躍したとされる嶺間按司の事跡が記されている。嶺間按司は多良間島に「神名遊び」を伝えた、とされる。その嶺間按司の話素の中に鷲の尾羽が出てくる。

話を簡単に要約すると次のようになる。嶺間按司が宮古島から多良間島に帰る時、逆風にあって船が漂流し、知らない場所に着いた。そこでは神仙の男女が集まり、三昼夜踊り遊んでいた。船上の人は拝礼し、「船で無事に帰ったら神の踊り遊びにならい、毎年祭礼をします」と言った。そうしたら順風が吹き、三日で多良間島に着き、皆で神の恩に感謝した。神舞のようにしようと思ったが、道具がない。そこで按司は人々を率い、海浜に出て祈った。数日もたたないうちに、鷲鳥の尾羽、五色の珠、彩櫛、花鼓などの神棚が崎に漂着した。こうして道具を使って神舞の遊びをした。

ついで『遺老説伝』には、神舞を行う際の具体的な扮装が示される。鷲の尾羽の使い方は次のようになっている（嘉手納編訳、一九七八）。

女人十名、皆白衣を穿ち、髪根は頭頂に結束して、其の余は後に垂る。又、白布を頭上に帯びて長く後に垂る。神司、亦其の正中に竪ち、而して髪に五色の櫛を着し、頸に五色の珠を帯び、右手に鷲羽を持ち、而して左手に一杖藜を帯ぶ。而して十三昼夜、男女各其の座を別にし、相与に神歌を唱和し、以て祭祀を為す。

（女人が十名、皆白衣をつけ、髪の根元を頭頂で束ね、あとは後ろに垂らす。又、白布を頭上に帯び、長く後ろに垂らす。神ツカサはその中に立ち、髪に五色の櫛をさし、首に五色の珠をおび、右手に鷲羽を持ち、左手にアカザ〔アザカ（琉球青木の古名）の誤りか〕の杖を帯びる。十三昼夜、男女が別の座でともに神歌を唱和し、祭祀をする）

ここでは、鷲の尾羽は頭飾りにするのではなく手に持ち、神舞を行っている。

この説話の中で重要なのは、鷲の尾羽が神仙の世界への祈りによってもたらされた、という点である。道具は祈願に感応した神仙の世界から送られてきた。すなわち、鷲の尾羽はじめ珠、櫛、鼓は聖なる道具なのである。それらを用いて行われる祭祀は、神仙の世界の神舞の遊びを再現したかのような様子となったはずである。

五色の珠は、神女が祭祀の時に首に掛ける、大ぶりの勾玉を中央に貫く玉飾りを思わせる。彩櫛は祭祀の時に髪を結いあげる神女の装いを彩り、花鼓は神歌の拍子をとるのに必要だったと思われる。そして鷲の尾羽は神仙の世界の霊力を象徴しているのかもしれない。

いずれにせよ、鷲の尾羽は、多良間島の嶺間按司が神仙に倣った祭祀に登場する。この話で、鷲の尾羽に霊力があると語られることはない。ここでは祭祀の道具として鷲の尾羽があったことを確認しておく。多良間島の鷲の尾羽の語りは、『おもろさうし』に時々登場する鷲の羽飾りと無関係ではない。また、後述する高価な矢羽である鷲の尾羽とも無関係ではない。

朝鮮半島・八幡神話――鷲のイメージ①

おもろ世界の鷲は支配力や王権、戦勝、そして船と結びつく。用例がさほど多いわけではないが、鷲のイメージは巨大である。しかし、現実の南西諸島の空を舞う猛禽類としては、ミサゴがやや大型であるものの、渡り鳥のアカハラダカ、サシバ、そしてチョウゲンボウやカンムリワシは小型や中型であり、世界を支配する鷲のイメージは投影しにくい。前述のように池宮正治は鬼鷲を魚を捕えるミサゴと捉えていた。それはよく理解できるが、この巨大な鷲のイメージの形成に関わったのかもしれない神話的イメージを更に探ってみたい。なお、以下の記述は拙著による（福、二〇一三、二五三〜二五六）。

筆者は共著（吉成・福、二〇〇六）、そして拙著（福、二〇一三）でおもろ世界の鷲のイメージが朝鮮半島の『三国遺事《さんごくいじ》』（十三世紀末の私撰の史書）の霊鷲寺に関する記事や、朝鮮シャーマニズムにおいて鷲が天皇《てんこう》、すなわち天界の神であり、霊山に住むとされていることを根拠に、朝鮮半島に起源するものではないかと述べた。朝鮮シャーマニズムにおける鷲の次の四つのあり方はおもろ世界の鷲に類似する（吉成・福、二〇〇六、二一六）。
①鷲は絶対的な法の象徴である。
②鷲は天神であり、慈悲深く霊験をもたらし、品位が高邁である。
③霊鷲寺は地上の天界である聖山に位置する。
④霊鷲寺は航海と関係があり、薬師道場を開くことによって航海安全の役割を果たした。

このような朝鮮半島の鷲のあり方のほかに、鷹を大いなる存在として崇める信仰があった。それは八幡神の縁起である。桜井好朗は『宇佐八幡宮弥勒寺建立縁起』（八四四年成立）の内容を整理している（桜井、一九八二）。その中に「八幡神は欽明天皇の代に豊前国宇佐郡馬城峰にあらわれた。大神比義が鷹居杜に祭り、後に小椋山に移座した」、「神は宇佐河の渡りの杜に移り、その後、鷹居杜に移座した。そこで神は鷹となり、その心が荒れて、そこを人間が五人通れば三人殺し、十人通れば五人を殺した。辛嶋乙日は神の心をやわらげ、鷹居杜に祭った」とある。桜井は「八幡神ははじめ鷹＝荒ぶる神としてあらわれ、人々に危害を加えたが、辛嶋乙日の祈りによって、神の心がやわらぎ、鷹居杜に祭られたとある。八幡信仰の古型において神が鷹であったとする神話があり、その形跡をとどめたものといえよう」と述べる。

桜井はまた『八幡宇佐宮御託宣集』（一二九〇～一三一三年）の巻十四（王巻）に次のような記述があると指摘する（桜井、一九八一、一三七～一三八）。

豊前の国守が毎朝東方に金色の光を見た。不審に思い、役人をつかわして宇佐池守・大神比義・大神波知の順にたずねさせ、ついに御許山＝馬城峰に八幡という人がおり、来世を利せんがため神となってあらわれたのだということがわかる。使いが山中に入ると、三つの巨石の上に大鷲がおり、金色の光を放っていた。このことは天皇に報告され、それを機に、神は八幡大菩薩としてあらわれた。［中略］王巻所収の他の伝承によると、神ははじめ人を食う鯰であり、石であり、白犬となり、鵰《わし》となり、紫鳥となり、金色の鷹や鳩になり、ついに馬と化したという。それらを射殺そうとして追いかけたのは、酒井常基や宇佐千基とよばれる人物であった。彼らは荒ぶる神を射殺する動作をくり返すことで、神の発現をたすけたのである。

これらの八幡神話の古い型にあっては、鷹や鷲が八幡神の化身とみなされることがあった。そして、八幡神の化身の鷹や鷲は荒ぶる神でもあった。このような鷹や鷲のあり方とおもろ世界の鷲、鬼鷲のあり方は重なる側面があるのではないか。

詳述はしないが、琉球王国第二尚王統の始祖、金丸（尚円王）には八幡神の化身、あるいは託宣を告げる存在としての翁、八幡神にかかわる鍛冶屋の伝承が密接に結びついている。そして、琉球王国の祭祀には鬼神崇拝の要素があり、この鬼神も託宣を下す八幡神と考えられる。また宇佐八幡の聖域の御許山《おもとやま》は、琉球の天上他界観、おぼつ・かぐらのおぼつと関係の深い語である（吉成・福、二〇〇七）。

『おもろさうし』には八重山諸島の石垣島の於茂登《おもと》岳が謡われている。巻十一—五五八ではおもと嶽司子《たけつかさこ》（おもと嶽の神、あるいは神女）が久米島にましますこと、首里の国王が八重山島、波照間島、与那国島まで支配することが謡われている。於茂登岳は聖山であり、古くから信仰を集めていた。

九州から南西諸島の海域を自在に航行していたのは、倭寇と呼ばれる人々である。倭寇の奉斎する神は軍神でもある八幡神である。八幡宮の総本宮、宇佐八幡宮の神山、御許山と同名の神山が石垣島にあることは、偶然ではないだろう。

なお田中健夫は十六世紀、朝鮮の鷹が対馬の宗氏から大内氏や大友氏とその老臣、そして龍造寺氏に贈られていたことを述べる（田中、一九八二、四一一〜四一五）。田中によると鷹狩は大陸から伝えられた狩猟の方法であったが、戦国時代、社会的地位の向上した上流武士の間で、従来は一部の特権階級の専有物とされた鷹狩が盛んになった。そして朝鮮の鷹が特に重んじられ、掛け替

榊原長俊「将軍家駒場鷹狩図」（1786年）
（東京国立博物館所蔵、「ColBase」 https://jpsearch.go.jp/item/cobas-118394）

えのない貴重品とされていた、という。田中は大内氏や大友氏が宗氏を介して入手した鷹を室町将軍家への献上品とした可能性を述べる。

この鷹狩の鷹のイメージ、すなわち王者と結び付いた猛禽類のイメージもまた、『おもろさうし』の鷲のイメージと結び付いている可能性がある。李氏朝鮮の地誌『海東諸国紀』の記述や地図からわかるように、朝鮮と琉球には通航があり、人や物が往来していたはずである。朝鮮から対馬に運ばれ、やがて本土の上流武士や王者である室町幕府の将軍のものとなる鷹への憧れは、鷹と結び付く強大な男性の権力への憧れでもある。なお鷹と鷲の違いはその大きさであり、ともにタカ目タカ科に属する。

おもろ世界の鷲のイメージは前述のように朝鮮シャーマニズム的な面がある。そのほかに古型の八幡神話や鷹狩の鷹のイメージも混入している可能性性がある。

鷲の尾羽——鷲のイメージ②

おもろ世界の鷲のイメージに混入している可能性のある事象がある。それは、鷲の尾羽が古来、矢羽として珍重されていたという事実である。平康頼《たいらのやすより》が十二世紀にまとめたとされる仏教説話集の『宝物集《ほうぶつしゅう》』には「鷲は羽のためにころされ、虎は皮のために命をうしなふ」とある。鷲の尾羽、虎皮のために鷲や虎が殺害されることを、この文章は端的に述べる。なお沖縄の今帰仁ぐすくからは虎の歯が考古遺物として出土する。このことは、虎の皮が今帰仁ぐすくに存在したことを物語る。

後藤守一は「正倉院御物矢」で御物の矢羽について「羽の種類は自分の調査の結果では、之を明にすることが出来なかつた。殆んどすべてが羽を失ひ、纔《わず》かに羽軸を遺存してゐるに過ぎない今日では、普通人の調査では、之を明かにすることは、殆んど不可能であらう」とする。ところが明治年間、正倉院御物調査掛が八割五分以上の羽の種類を明記しており、これについて後藤は、当時は残存部分が多かっただろうし、種類鑑定に専門家が携わったのだろうとし、当時の調査結果から種類を通観する。

一八九五隻（隻は矢を数える語）の内訳は、次のようになっている。この順番は後藤のあげた順である。なお鵰はワシ、クマタカ、鵠はコウノトリをさす（後藤、一九四〇、四六八）。

山鳥尾羽（二八七隻）・雉羽山鳥羽混ぜ（二一四隻）・雉尾（一五九隻）・雉羽（一五〇隻）・大鷹尾羽（一一七隻）・雁羽（一三三隻）・鵰《ちょう》染羽（一〇七箭（＝矢））・鵰山鳥羽（九六隻）・鶴染羽（八〇隻）・鵠《こく》羽（七〇隻）・大鷹羽（六三隻）・雁山鳥羽（五〇隻）・鷹羽山鳥尾（五〇隻）・黄染白鳥羽（四五隻）・鶴羽（三七隻）・鵰羽雉尾（三六隻）・雉染尾羽（三五隻）・鷹羽小鳥染羽（三四隻）・鵰羽（三四隻）・隼尾（二二隻）・黄染大鷹尾（一九隻）・鶴羽白鳥染羽（一八隻）・鷹尾小鳥染羽（六隻）・黄染大鷹羽（九隻）・鵰雌尾（一一隻）・鵰雌雄染羽玉虫飾（七隻）・雉大鷹羽（二隻）・白鳥黄染羽（三隻）・白鳥羽（一隻）

この結果について後藤は「雉・山鳥・鵰・雁・大鷹・鷹が最も多く用ひられ、殊《こと》に雉及び山鳥、鵰とで殆んど全数の八割を占めてゐる。かつこれらを交ぜるとか、染めるとかして用ひてゐるが如き、特殊の用法が行はれてゐることを注意しなければならぬ。而《しこう》して後世盛んに用ひられた鷲の羽の見えないのは面白い」と述べる。

この後藤の指摘の鵰は前述のように鷲や熊鷹をさす。また、明治時代の調査の大鷹は、鷲の可

オジロワシ

イヌワシ

能性もある。ただし、後述する山崎健の「東大寺への献納品目録である『国家珍宝帳』には、鷹の羽根を素材とした矢羽が記載されている」との指摘、そして簑島栄紀の「日本社会において、北方産のワシ羽の流通が確実となるのは十世紀以後である」との指摘から、奈良時代の正倉院御物にはまだ北方の鷲羽の矢羽はなかったと考えるべきだろう。いずれにせよ、鷹、大鷹、鵰の羽は古くから矢羽として用いられ、正倉院御物になっていたということがわかる。なおこれらのタカ科の矢羽が尾羽であったかどうかはわからない。

山崎健は、藤原宮朝堂院朝庭の発掘によってタカ科の手根中手骨が出土し、これはオオワシ、オジロワシ、イヌワシの可能性が高く、また解体痕跡があることから、「出土資料は、鷲羽を得た後の残滓と考えられる」と指摘する。そして次のように述べる（山崎、二〇一五、七二～七三）。

鷲や鷹の羽は、矢羽として利用されていた。東大寺への献納品目録である『国家珍宝帳』には、鷹の羽根を素材とした矢羽が記載されている。十～十一世紀以降になると、北方交易品として鷲羽の記録が増大し、珍重されたことが知られている。他にも、古代ではタカやワシを捕獲して飼養する鷹狩がおこなわれており、鷹狩に用いた死亡個体から羽根を採取することもあったかもしれない。

藤原宮が営まれたのは持統天皇から元明天皇の時代（六九四～七一〇）である。その時代、鷲羽を得るため、宮ではタカ科の鷲の解体がされていたのである。その羽の中には尾羽も存在していたと考えられる。

簑島栄紀は「九～十一・十二世紀における北方世界の交流」で、十一世紀成立の『新猿楽記』において「「東は俘囚の地」から「西は喜賀が島」まで往来する「商人の首領」八郎真人は、「本朝物」「唐物」各種の交易品を扱ったとされ、「本朝物」のひとつには北海道産と考えられる後述の「鷲羽」がみえる」と指摘する。そしてオオワシ、オジロワシの尾羽が幼鳥の頃には複雑な斑紋を有するが、成長するに従い白さを増していくこと、この多彩な紋様への愛好も手伝い、オオワシ・オジロワシの尾羽は、古くから日本社会で最高品質の矢羽として珍重されてきたことを指摘する。

そして、次のように述べる（簑島、二〇一九、一三二〜一三三）。

十〜十三世紀までの史料において、「鷲羽」は概算で六七例を数える（類例の「雕羽《わし》」や、二二例の「粛慎羽《しゆくしん》」など含む）。日本社会において、北方産のワシ羽の流通が確実となるのは十世紀以後である。『延喜式』伊勢太神宮や『西宮記』臨時六・外衛佐によれば、伊勢遷宮の際には、「神宝」として八百枚ものワシ羽が必要とされている。『小右記』や『玉葉』においても、ワシ羽はほとんどの場合、「神宝」として登場する。さらにワシ羽は、「粛慎羽」と並んで、賭弓や御禊行幸の場面に多く登場するようになる。

このように、北方産のワシ羽は当初、「神宝」としての意味合いが強く、また天皇や貴族社会の各種の儀式・行事において必要とされる例が多かった。しかし、やがて新興の武士階層によって、上質な矢羽としての需要がさらに増していくことになる。

［中略］

北海道産のワシ羽は、安倍氏・清原氏や奥州藤原氏などの奥羽の勢力にとって重要な交易品であった。奥州藤原氏の二代・基衡が、平泉の毛越寺の本尊造営のため、「金百両・鷲羽百尻」「水豹皮六十余枚」（アザラシ皮）などの品々を京の仏師に贈ったことはよく知られる（『吾妻鏡』文治五年九月一七日条）。『台記』仁平三年（一一五三）九月一四日条には、左大臣藤原頼長による出羽国遊佐庄の年貢要求に対して、藤原基衡が「金十両・鷲羽五尻・馬一疋」などの品々を提案している。山形県遊佐町大楯遺跡から、「ほろは」と記した十二世紀の付札木簡が出土している。「ほろ」は翼の羽で、矢羽としてのグレードは尾羽に劣るが、『台記』の記録とあわせて、北方産のワシ羽である可能性がある。

文治五年（一一八九）、源頼朝は奥州合戦によって奥州藤原氏を滅ぼす。『吾妻鏡』では、奥州合戦直後の文治五〜建久四年（一一九三）にかけてワシ羽に関する記述が集中する。奥州を征服した「あかし」として、ワシ羽の存在が脚光を浴びたのであろう。文治六年（建久元年・一一九〇）正月には頼朝から後白河院へ「鷲羽一櫃」が贈られ、同年一一月にはやはり後白河院に対して、砂金八百両・御馬百疋とともに「鷲羽二櫃」が贈られている。これらは頼朝による奥州征服、北方交易ルートの掌握を誇示する政治的アピールにほかなるまい。またこの時期、鎌倉殿・将軍と御家人らが主従関係を確認する正月の垸飯では、しばしば御家人たちから頼朝や実朝に向けて多数のワシ羽が献上されている。「エゾ」を代表する産物としてのワシ羽は、鎌倉幕府成立期の秩序・世界観において、一定の政治的な意義を有した可能性があろう。

北方世界に産する巨大な鷲の尾羽は、簑島の指摘のように武家社会で重要視されていたのである。鷲羽は神宝にもなり、上質な鷲羽を多数持つ者は、富と権力を握る者でもあった。この鷲羽のあり方は、戦国時代に朝鮮半島からもたらされた鷹狩の鷹と同様である。

また神戸市文書館ホームページの「源平特集」の「源平時代の攻撃用の武具」（https://www.city.kobe.lg.jp/information/institution/document/genpei/bugu/bu_kougeki.html）において、矢羽は次のように記述されている（近藤好和執筆）。

矢羽は小鳥以外の尾羽や翼の羽（保呂羽《ほろば》という）を、羽茎から半裁して矢に取りつけた。鳥は、中世では鷲・鷹・鴇《とき》（朱鷺）を最上とし、他は雑羽《ぞうのは》として一括された。

矢の名称は矢羽に用いた鳥名や羽の斑文を付けて表現されたが、鷲以外は鳥名でいい、鷲は斑文でいった。これは鷲以外の鳥は鳥ごとに斑文が一定しているが、鷲は一羽ごとに斑文（黒斑と白斑の配色）が異なるためである。鷲の斑文のうち、中世でもっとも愛好されたのは、黒斑と白斑が交互に配色される切斑《きりふ》であった。

この切斑の矢は『平家物語』に登場する。簑島栄紀は前掲論文において次のように述べる（簑島、二〇一九、一三二）。

中世の軍記物語は、華々しい場面で登場人物の身にまとう武具のディティールに大きな注意を払っており、矢羽もその例にもれない。例えば、『平家物語』巻九「敦盛最期」では、平敦盛の豪奢ないでたちのなかに、「廿四さいたる切斑《きりふ》の矢」が描かれる。また屋島合戦の際に那須与一が平家方の海上の扇を射落とした鏑矢は、「うすぎりふに鷹の羽わりあわせてはいだりける、ぬための鏑をぞ差し添へたる」（『平家物語』巻十一「扇」）であった（薄い色の切斑二枚とタカの羽二枚を互い違いにまぜ合わせた四立羽の矢羽に、鏑は鹿角製）。武士たちは、晴れやかな舞台を演出する小道具として、矢羽になみなみならぬ関心を傾け、個性を競ったのである。

また簑島は「幕末の玉蟲左太夫『入北記』によると、根室・釧路産のオオワシ尾羽（一四枚）は、上質なものでは「一把」（一〇羽分＝一四〇枚）につき銭二貫以上の値がついている。近世においても、北海道を代表するワシ羽の産地は道東地方であった」と述べる（簑島、二〇一九、一三二）。

平安時代から近世に至るまで、北方産の鷲の羽は高い価値を持っていた。鷲の尾の斑文は個体によって異なり、唯一無二のものといっていい。鷲の尾羽の中でも切斑が最も高い価値を持ち、戦の場においては大将や弓に巧みな者が切斑の矢を用いていた。

このように高価な鷲の尾羽、そしてその尾羽を矢として所持することがステイタスだった事実は、鷲のイメージを肥大化させるのに十分だったはずである。簑島もあげる『新猿楽記』の八郎真人は東北から南西諸島まで商売にいそしみ、鷲の羽も扱っていた。この人物は実在の人物ではないが、富の情報を聞きつけ、海に乗り出す命知らずの人々は、日本列島の周辺海域を猛スピードで移動していたはずである。その人々の誰かが鷲の尾羽と鷲の巨大なイメージを南西諸島に伝え、おもろ世界の鷲のイメージを形作る一要素になった可能性を、筆者は考える。

なお筆者はかつて拙著において次のように述べた（福、二〇一三、五五）。

沖縄から出土する鎧について上原静は、遺跡から出土する鎧のほとんどが腐食し、完全な形をみる例は少ないこと、沖縄諸島出土のものは北海道、青森の出土例と共通するものが認められ、南北朝から室町時代のものに相当するらしいこと、鎧の形態は日本本土中世の胴丸や腹巻の型式であることが明らかにされていることを述べる。このことは、日本本土で戦乱が絶えなかった時代、同じ武士階層の人々が北と南の境界世界に活路を見出し、散っていったことを示唆する。

上原は、兜片などの出土地として浦添城や首里城をあげ、武具の出土地として次のような遺跡名をあげる（上原、二〇〇三、三一九～三二一）。

玻名城古島遺跡《はなぐすく》　伊原遺跡《いはら》　今帰仁城跡《なきじん》　勝連城跡《かつれん》　浦添城跡《うらそえ》　首里城跡　越来グスク《ごえく》

阿波根古島遺跡《あはごん》　糸数城跡《いとかず》　保栄茂グスク《ほえも》

これらの遺跡のある場所はすべておもろに謡われ、また保栄茂グスク以外からは輸入貿易陶磁器が出土することが確認されている。このことは、鎧を着た者がいた場所と交易拠点が重なっていたことを意味する。おもろが作られた年代や謡われた時代がいつかはわからないため、鎧を着た人物が実在した年代や輸入陶磁器の年代と時期が一致するかは、勿論判然とはしない。ただ、それらの重なりは大変興味深い。

日本列島の北と南に日本本土中世の胴丸や腹巻の型式の鎧が存在することは、同じ武士階層の人々が北と南の境界世界の富の情報に引き寄せられたことを強く示唆する。また鎧が出土した沖縄の遺跡からは、貿易陶磁器が出土する。それは、その遺跡のかつての主が交易をしていたことの証である。

日本の胴丸や腹巻を身に着けた武士階級の人々は、おそらく文字を書くことや記録を残すことは知らないが、行動力だけはあったはずである。そのような無数の名もない八郎真人達が、北方の鷲の尾羽や朝鮮半島の鷹狩の鷹といった価値の高い猛禽類の語りを琉球に持ち込んだ可能性はある、と考える。

鳥の墓──鷲のイメージ③

沖縄県多良間村の水納《みんな》島には鷹の塚、あるいは鳥の墓と称されるものがある。琉球王国の地誌『琉球国由来記』に「鷹ノ塚」と記され、『遺老説伝』には次のような話が記載されている（嘉手納編訳、一九七八）。

往昔の世、日本国人一名、宮古水納島に漂着して、此に栖居し、朝夕悲憂す。一日、鷹鳥の此の島に飛来する有り。其の人之れを獲るに、則ち素飼ふ所の鷹にして、翅に米粉袋有り。日本人、深く之れを奇異とし、亦故郷の心に感動し啼哭す。遂に一指を嚙みて其の血を取り、硯・筆の二字を、袋上に書し、以て飛去に便す。未だ数日を閲せずして、鷹、硯筆を帯びて飛び来り、半途に気疲れ力倦れて、滄海に斃れ、石泊浜に漂来す。日本人之れを看、深く鷹の落死を惜しみ、而して此の地に葬る。此れよりの後、毎年鷹来れば、必ず墓上に聚集す。而して今の人之れを看、感動せざる者莫し。

この話を要約すると以下のようになる。水納島に漂着した日本人がおり、鷹が飛来したのでとってみたら、かつて自分が飼っていた鷹で、羽に米粉袋があった。日本人はこれを奇異なことと思い、故郷の心に感動して泣いた。指を噛み、血で袋の上に硯・筆と書いて鷹を飛ばしたら、数日も数えないうちに鷹が硯と筆を運んで飛んできたが、道半ばで疲れ気力をなくし、海に落ち、石泊浜に漂着した。日本人はこれを見て鷹の死を惜しみ、この地に葬った。これより後、毎年、鷹が来ると必ず墓の上に集まった。これを見て感動しない人はいない。

この伝説が百合若大臣の話を下敷きにしていることは、先学が指摘している。幸若舞の「百合若大臣」の概要を、高島葉子は次のように記す（高島、二〇一九、三）。

観音の申し子として生まれた百合若は、若くして右大臣に昇進し、大納言の姫君を妻とする。蒙古の大軍が二度にわたり襲来し、百合若はその追討を命じられ筑紫の国司となる。三年間の苦戦の末、鉄の弓矢をもって蒙古軍を撃退した。凱旋の途次、玄海が島に休息に立ち寄るが、勲功の横取りを企てた重臣別府兄弟の裏切りにより孤島に置き去りにされる。別府は百合若が戦死したと報告し、筑紫の国司に任ぜられ、百合若の御台所に懸想の文を送る。御台所はこれを拒む。御台所が百合若の寵愛する鷹・緑丸を放つと、緑丸は柏の葉に血でしたためた文を持ち帰り、御台所は百合若の生存を確認し宇佐八幡に無事の帰国を祈願する。島に漂着した壱岐の浦の釣人の船で百合若は筑紫に戻る。みすぼらしい餓鬼のごとき姿のために別府は百合若とは気づかず、元の家臣である門脇の翁に苔丸と名付けて預ける。別府が求婚を拒む御台所を池に沈める命令を出したため、門脇の翁は自身の娘を身替わりとする。正月の弓始めに、百合若は宇佐八幡の宝殿に納められた鉄の弓矢を所望し、これを手にして名乗りを上げ、別府を誅殺して復讐を遂げる。釣人には壱岐と対馬、門脇の翁には筑紫九ヶ国荘政所を与え、身替わりとなった翁の姫のために沈められた池の近くに御寺を、さらに緑丸のために都の乾に神護寺を建てる。やがて都へ上り、将軍に任ぜられる。

「百合若大臣」は蒙古襲来の時代が舞台となっており、百合若は筑紫の国司となっている。話の舞台は、筑紫、宇佐八幡宮、玄海が島、壱岐の釣人などからわかるように北九州である。福岡市西区玄海島には百合若にちなむ旧跡や鷹を祀った小鷹神社がある。

鈴木寛之は先学に拠って、水納島の百合若伝説を分析し、ユリワカが寝坊であったことにちなみ、寝坊の子が「ユイワカデーズ」と呼ばれて叱られたと指摘している。そして「百合若にまつわる「伝説」は日本各地に分布しているが、とりわけ分布の密度が濃いのは九州北部の福岡県、大分県を中心とする地域であり、説話の中にも鷹にまつわる奇瑞を説く宇佐八幡宮への信仰がうかがわれる」と述べ、百合若説話が元来は宇佐八幡の唱導文芸であり、「奄美・沖縄への伝播も、これとの関連が想定されている」と結論付ける（鈴木、二〇〇〇、六八）。

この指摘は興味深い。前述のように、宇佐八幡の神話では鷹にまつわる奇瑞が語られる。『八幡宇佐宮御託宣集』巻十四では、御許山で「三つの巨石の上に大鷲がおり、金色の光を放っていた」のであり、神は八幡大菩薩としてあらわれた。そして荒ぶる神は「はじめ人を食う鵖であり、石であり、白犬となり、鵰となり、紫鳥となり、金色の鷹や鳩になり、ついに馬と化した」のである。また八幡神が当初は荒ぶる鷹として姿を現した、という話もある。

このような鷹、黄金の大鷲、そして鵰や金色の鷹に化す八幡大菩薩の霊能と結び付いた百合若伝説は、水納島に姿を現す。その理由の一つは、実在の鷹、サシバの存在である。サシバは中国や日本で繁殖し、秋には南西諸島上空を南下し、東南アジアで越冬する。南西諸島は渡りの途中のサシバの休息地でもある。宮古諸島の多良間島、そして水納島上空に、ある日、突然渡り鳥のサシバの群れが飛来し、木々にとまる。中には疲れのあまり、木にぶつかったり、海に落ちたり

サシバ

して無残な姿をさらすサシバもいたという。そのようなサシバの毎年の季節を定めた飛来と宇佐八幡の唱導文芸だった百合若説話が結びつき、水納島の鳥の墓、そしてユイワカデーズという言葉の存在につながるのである。

この百合若大臣の伝説が宇佐八幡の唱導文芸であるなら、南西諸島に広く伝えられていたはずである。百合若大臣の活躍と話の展開の面白さに惹きつけられた人々が、百合若の鷹をサシバになぞらえ、百合若がいた島を我が島として語ったのが水納島の伝承であろう。島には、哀れで健気な鷹の墓の周囲に、毎年、渡りの途中のサシバ達が集うのを、鳥達の墓参りと語り伝えた人々がいたのである。

主人公思いで一途な鷹の活躍する口頭伝承は、聡明で人の言葉を理解する鷹、遠距離を結ぶ鷹というイメージを受容する人々に与えたはずである。宇佐八幡神話の鷲や鷹は霊威に満ち、力強く荒ぶる存在でもある。そのような鷲鷹よりも身近な百合若大臣の愛鷹は、唱導文芸の枠を飛び越え、わが島の物語の鷹となったのである。

百合若大臣の伝承世界の鷹の背後には、強く巨大な鷲鷹の霊能がある。その輝かしく近寄りがたい霊能を仰ぎ見つつ、身近な渡り鳥のサシバに事寄せて百合若大臣の伝承を語り伝えた多くの人々は、鷹の物語を楽しんだ。島にいる主人のもとへ飛来する鷹、主人の妻から託された荷物を運び力尽きる鷹、葬られた墓に参る鷹達の物語は、鷹の奇瑞であり、宇佐八幡の神の霊威の発揚である。

そのような鷹の奇瑞の物語は、鷹、そして大型の鷹である鷲へのイメージを掻き立てる力となったはずである。おもろ世界の鷲と、口頭伝承や『遺老説伝』の記述はレベルが異なる。しかし、時代は定かではないが北方からもたらされた百合若大臣の伝承の鷹の奇瑞の物語もまた、おもろ世界の鷲のイメージの形成に寄与した可能性を考えたい。

鷲之鳥節

八重山諸島には鷲のイメージが今も歌謡の中に生きている。南西諸島における現代の鷲のイメージは、カンムリワシになぞらえられたボクシングの具志堅用高と、八重山地方の饗宴に欠かせない「鷲之鳥節」である。「鷲之鳥節」は次のようになっている。引用は飯田泰彦の「八重山の祝宴に関する一考察」（飯田、二〇二〇）による。

大ほあこふの根さしに　なり、あこふの本はいに（大アコウの根差しに　実りアコウの本延えに）
壱のいたほみ上り　七の枝ほみ登り（五つの枝を踏み登り　七つの枝を踏み登り）
壱ひらい巣ばかけ、七ひらい巣ばかけ（五個の巣を架け　七個の巣を架け）
壱ひらいくがなし　七ひらいくがなし（五個の卵を生み　七個の卵を生み）
壱ひらいくがから、七ひらいくがから（五個の卵から　七個の卵から）
綾羽は産らしやうれ、びる羽は産らしやれ（子鷲を生まれなさり　若鷲を生まれなさり）
正月のすてむて、元日の朝ぱな（正月の早朝　元日の朝まだき）
東るかい飛ひつき　てたばかめ舞いつき（東方に飛んで行き　太陽を戴いて舞って行き）
いらさねさけふの日　どけさねさ金日（ああ嬉しい今日の日　たいそう嬉しい黄金の日）
わんすてるけふたら、羽もいるたきたら（私の孵でる今日だよ　羽が生えるほどだよ）
けふ祝ひしゆらは　明日ふくいしよらば（今日祝いをするから　明日祝いをするから）

飯田は「鷲之鳥節」について次のように述べる（飯田、二〇二〇、七六）。

《鷲之鳥節》は、古謡《ばしぬ鳥ゆんた》《鷲ゆんた》を節歌に改作した歌曲である。綾なる羽の若鷲が元日の朝ぼらけ、太陽の光を浴びて飛び立ってゆく情景が謡われている。現在、

《鷲之鳥節》は一般に、第六、七、八節が謡われる。「綾羽は産らしやうれ、びる羽は産らしやうれ」（第六節）は、若鷲誕生を表現し、「孵《す》でる」（生まれ変わる）民俗文化と深く関わっている。それは生命力の更新を意味するものである。

歌詞に「正月のすてむて、元日の朝ばな」（第七節）と正月の早朝の風景が謡われることから、正月には新年を寿ぐ歌として好んで謡われる。祝宴では特にそのめでたさ、喜ばしさに注目し、座開きの歌謡として用いられるようになったのだろう。雄大な歌詞、荘重な音楽は八重山を代表する節歌として知られ、数多い振り付けがある。

この「鷲之鳥節」はおもろ世界の鷲とは関係がない。しかし、若鷲誕生の歌詞は八重山諸島で愛されており、おもろ世界の鷲に通じるものがあるので、ここで取り上げる。愛される理由は、飯田が述べるように若鷲誕生の表現のスデルが、生命力の更新を意味し、正月にふさわしいからである。かつての沖縄の正月では、「いいお正月ですね。お若くなられましたか？」と方言で声を掛けた、という。この問いかけの意味は、元旦に井戸から初めて汲んだ水をスデ水（生命の再生、甦りの水）として使う習慣があったからである。この水を飲むことによって生命が甦り若返るという民俗信仰があった。

スデルは再生することや甦ることを意味するが、具体的には卵から雛が孵ること、蛇が脱皮す

アコウの木（筆者撮影）

ること、蟹や海老が脱殻すること、蝶や蛾が蛹から羽化することなどを意味する。生命が一旦、動きをとめ、固まった状態となり、それを破って新たな生命が誕生することがスデルの意味である。

卵から孵り、正月に東方の太陽の方角へ飛翔する若鷲の姿には生命力が漲っている。その若鷲のように、自分もスデて、羽が生えるようだという歌を歌うたび、聞くたびに人々はわが魂を若鷲の姿になぞらえているのではないか。

「鷲之鳥節」では誕生した鷲を「綾羽」と呼ぶが、この綾（あや）は、おもろ世界にも登場する美称辞である。航海を守護するおなり神の化身の霊妙な蝶は「綾蝶（あやはべる）」、「奇せ蝶（くせはべる）」である。羽ばたく霊的な存在に綾という美称辞をつけるのは、「鷲之鳥節」もおもろも同様である。

また「びる羽」の「びる」は、土橋寛が『古代歌謡と儀礼の研究』（一九六五年）で「ヒルはおそらく霊力を意味するヒを働かした動詞」と述べたことと関わる。土橋は同書で、古代人は「鳥や蝶の類がヒラヒラと飛ぶ姿に、霊力の活動を見た」とする。「綾羽」と「びる羽」は同じ霊的な存在なのである。

おもろ世界の鷲や隼など猛禽類の名のつく船は、造船所からスデて、大海原へ出た。その船を霊的に守護するのは鷲である。「鷲之鳥節」の鷲は、誕生し、東方へ飛翔する。現実世界では加齢に伴い、人間の身体は衰える。この時間意識は直線的である。しかし、スデルことを正月のたびに繰り返すならば、円環的な時間を永遠に生きることができる。若鷲の飛翔そのものが喜びであり、憧れなのである。

「鷲之鳥節」の鷲は、おもろ世界の鷲とは違い、手が届きそうな場所（アコウの木）から巣立つ。めでたく明るい鷲の姿は、人の魂そのものである。その鷲は世界を支配する力や戦勝の霊力を誇示するわけではない。しかし、その飛翔の姿は愛され続けている。おもろ世界の鷲は支配権と結び付き過ぎて、どこか近寄りがたいが、「鷲之鳥節」の鷲は身近である。それはおもろと今も愛される歌との、文学世界の違いに起因する。

世界を支配する鷲

おもろ世界の鷲はそれほど多くの用例があるわけではないが、世界を支配する鷲、戦勝の鷲、船の航海を守護する鷲など、多彩な展開を見せる。その鷲のイメージの一部は、琉球船がしばしば猛禽類と同一視されることで説明できる。また、鷲はじめ鳥の羽飾りは古くからの海民の習俗であることも確認できる。そして鷲の羽が祭祀において重要視される理由は、『遺老説伝』の多良間島の嶺間按司の話からある程度納得できる。

しかし、鷲よりも強力な神女がなぜ鷲を捕らえ、その羽を男性に奉るのか、ということはわからない。鷲と鷲の羽に霊能があるとみなされていたことと関係するのかもしれない。また、日本本土では鷲の尾羽が高価で、価値の高い尾羽を矢羽にしてたくさん持つことが高位の武士の特権だったこととつながるのかもしれないが、確かなことはわからない。

また、朝鮮シャーマニズムの鷲のイメージや、宇佐八幡の神話の鷲鷹、宇佐八幡の唱導文芸の百合若大臣の鷹のイメージが沖縄島はじめ南西諸島に及んだとしても、その時代ももたらした人々も明らかではない。

茫洋としたおもろから読み取れることはあまりにも少ないが、『おもろさうし』の鷲の用例を細かく見ていくと、南西諸島と周辺世界の口頭伝承などの鷲や鷹と近いものもある、という指摘はできる。ここでは、そう指摘するにとどめる。

おもろ世界の鷲は霊能強く、支配権を象徴し、不可視の世界を見通す。その鷲よりも霊能強い神女がいる。航海守護の鬼鷲は、おなり神でもある。鬼鷲を門口に据え、羽ばたかせる佐敷の男はやがて沖縄島を統一し、第一尚王統を樹立する。

日本人がかつて見たことも、想像したこともない鷲がおもろ世界を舞う。その鷲の舞う高みからは不可視の世界も含め、あらゆるものが鳥瞰できる。筆者はそのことのみを知る。

参考文献

赤嶺和子「ナナムイ賛歌」比嘉豊光『光るナナムイの神々』風土社、二〇〇一年。

秋本吉郎校注『風土記』岩波書店、一九五八年。

阿部美菜子「『おもろさうし』の言語年代」『沖縄文化はどこから来たか』森話社、二〇〇九年。

網野善彦「北国の社会と日本海」『日本海と北国文化』（「海と列島文化」一）小学館、一九九二年a。

網野善彦「西海の海民社会」『東シナ海と西海文化』（「海と列島文化」四）小学館、一九九二年b。

網野善彦他編『瓜と龍蛇　いまは昔　むかしは今』一、福音館書店、一九八九年。

荒木博之『やまとことばの人類学』朝日新聞社、一九八五年。

飯田泰彦「八重山の祝宴に関する一考察」久万田晋・三島わかな編『沖縄芸能のダイナミズム』七月社、二〇二〇年。

池宮正治「おもろの船三題」『琉球大学法文学部紀要 国文学論集』第二三号、一九七九年。

池宮正治「『おもろさうし』における霊力の諸相と表現――霊力は不可視か」『日本東洋文化論集』一二、琉球大学、二〇〇六年。

伊藤博『萬葉集釋注』一〜一〇、集英社、二〇〇五年。

伊都国歴史博物館編『玄界灘を制したもの』二〇〇八年。

乾克己他編『日本伝奇伝説大事典』角川書店、一九八六年。

乾芳宏「日本海沿岸におけるアイヌ文化」アイヌ民族文化財団普及啓発セミナー、二〇〇三年(https://www.ff-ainu.or.jp/about/files/sem1504.pdf)。

犬飼公之『影の古代』桜楓社、一九九一年。

上原靜「第五節 武器・武具の諸相 第四章 グスク時代」沖縄県文化振興会公文書管理部史料編集室編『沖縄県史 各論編 第二巻 考古』沖縄県教育委員会、二〇〇三年。

岡田精司「河内大王家の成立」三品彰英編『日本書紀研究』三、塙書房、一九六九年。

沖浦和光『竹の民俗誌』岩波書店、一九九一年。

『沖縄古語大辞典』編集委員会編『沖縄古語大辞典』角川書店、一九九五年。

奥津春雄『竹取物語の研究――達成と変容』翰林書房、二〇〇〇年。

小田富士雄「沖ノ島古代祭祀と対外交渉」伊都国歴史博物館編『玄界灘を制したもの』二〇〇八年。

小野重朗『薩隅民俗誌』(『小野重朗著作集』五)第一書房、一九九四年。

嘉手納宗徳編訳『球陽外伝 遺老説伝』(『沖縄文化史料集成』六)角川書店、一九七八年。

川添昭二「宗像氏の対外交易と志賀島の海人」『玄界灘の島々』(『海と列島文化』三)小学館、一九九〇年。

気象庁「各火山の活動状況」(https://www.data.jma.go.jp/svd/vois/data/tokyo/volcano.html)。

北原保雄・小川栄一編『延慶本 平家物語』勉誠社、一九九〇年。

倉野憲司校注『古事記』岩波書店、一九六三年。

国立歴史民俗博物館編『弥生はいつから!?――年代研究の最前線』二〇〇七年。

越野真理子「「青雲の白肩津」と「高天原」」『学習院大学上代文学研究』三一、「学習院大学上代文学研究会」同人、二〇〇五年。

小島瓔禮「海上の道と隼人文化」『隼人世界の島々』（「海と列島文化」五）小学館、一九九〇年。

後藤守一「正倉院御物矢」『人類学雑誌』五五―一〇、日本人類学会、一九四〇年（https://www.jstage.jst.go.jp/article/ase1911/55/10/55_10_464/_pdf/-char/ja）。

近藤好和「源平時代の攻撃用の武具」神戸市文書館ホームページ（https://www.city.kobe.lg.jp/information/institution/institution/document/genpei/bugu/bu_kougeki.html）。

酒井卯作『陽気なニッポン人』一九六四年。

坂本太郎他校注『日本書紀』一～三、岩波書店、一九九四年。

桜井好朗『中世日本文化の形成』東京大学出版会、一九八一年。

佐原真「北海道と沖縄」佐原真・田中琢編『古代史の論点』六、小学館、一九九九年。

島村幸一『おもろさうし』（「コレクション日本歌人選」）笠間書院、二〇一二年。

下野敏見『南から見る日本民俗文化論』南方新社、二〇一〇年。

新里亮人「カムィヤキとカムィヤキ古窯跡群」『東アジアの古代文化』一三〇、大和書房、二〇〇七年。

鈴木寛之「多良間島の口承伝承をめぐる若干の考察」『沖縄県多良間島における伝統的社会システムの実態と変容に関する総合研究』琉球大学、二〇〇〇年（http://ir.lib.u-ryukyu.ac.jp/bitstream/20.500.12000/9027/7/09410095-6.pdf）。

高木市之助他編『万葉集』二、岩波書店、一九五九年。

高島葉子「『オデュッセイア』の類話における英雄像比較」『日本文学を世界文学として読む』大阪市立大学大学院文学研究科都市文化研究センター、二〇一九年（https://www.lit.osaka-cu.ac.jp/UCRC/wp-content/uploads/2019/04/07_takashima.pdf）。

高梨修『ヤコウガイの考古学』同成社、二〇〇五年。

高橋亨校注・訳『竹取物語　大和物語』ほるぷ出版、一九八六年。

高林實結樹「隼人狗吠考」横田健一編『日本書紀研究』一〇、塙書房、一九七七年。

高良倉吉「古琉球における海事思想の状況　特にスラ所とトミについて」中琉文化経済協会編『中琉歴史関係國際学術會議論文集』第一屆、聯合報文化基金会議國学文獻館、一九八八年。

辰巳和弘『埴輪と絵画の古代学』白水社、一九九二年。

田中健夫『対外関係と文化交流』思文閣出版、一九八二年。

谷川健一『甦る海上の道・日本と琉球』文藝春秋、二〇〇七年。

土橋寛『古代歌謡と儀礼の研究』岩波書店、一九六五年。

土橋寛『古代歌謡全注釈　古事記編』角川書店、一九七二年。

土橋寛『日本語に探る古代信仰』中公新書、一九九〇年。

寺村光晴「タマの道」『日本海と北国文化』(『海と列島文化』一）小学館、一九九〇年。

外山幹夫『松浦氏と平戸貿易』国書刊行会、一九八七年。

仲宗根政善『琉球方言の研究』新泉社、一九八七年。

仲原善忠・外間守善『おもろさうし辞典・総索引　第二版』角川書店、一九七八年。

中村明蔵『古代隼人社会の構造と展開』岩田書院、一九九八年。

永山修一「文献から見るキカイガシマと城久遺跡群」『東アジアの古代文化』一三〇、大和書房、二〇〇七年。

西別府元日「平安時代初期の瀬戸内海地域」水野祐監修『瀬戸内海地域における交流の展開』名著出版、一九九五年。

西山秀人『土佐日記』角川学芸出版、二〇〇七年。

平林章仁『天皇はいつから天皇になったか?』祥伝社、二〇一五年。

福寛美『喜界島・鬼の海域』新典社、二〇〇八年。

福寛美『うたの神話学』森話社、二〇一〇年。

福寛美『『おもろさうし』と群雄の世紀』森話社、二〇一三年。

古川のり子「ツクとサザキとモズの神話」『東アジアの古代文化』七四、大和書房、一九九三年。

古川のり子『昔話の謎　あの世とこの世の神話学』角川ソフィア文庫、二〇一六年。

ホール，キャリー『宝石の写真図鑑』日本ヴォーグ社、一九九六年。

外間守善校注『おもろさうし』上・下、岩波書店、二〇〇〇年。

保立道久『かぐや姫と王権神話』洋泉社、二〇一〇年。

本位田菊士「神武東征伝説の一考察」横田健一編『日本書紀研究』一七、塙書房、一九九〇年。

本田碩孝『奄美のむかし話』奄美文化財団、二〇〇七年。

前之園亮一「隼人と葦北国造の氷・モヒ・薪炭の貢献」新川登亀男編『西海と南島の生活・文化』名著出版、一九九五年。

牧野和夫「日宋の「版刻」を結ぶもの」『日本文学』五〇―七、日本文学協会、二〇〇一年。

町田洋他編『九州・南西諸島』(『日本の地形』七)東京大学出版会、二〇〇一年。

松浪久子「昔話「大歳の亀」伝承と伝播」福田晃他編『南島説話の伝承』三弥井書店、一九八二年。

黛弘道「海人族のウヂを探り東漸を追う」大林太良編『海人の伝統』(『日本の古代』八)中央公論社、一九九六年。

簑島栄紀「九～十一・十二世紀における北方世界の交流」『専修大学社会知性開発センター古代東ユーラシア研究センター年報』五、二〇一九年。

宮田登「国境の民俗文化」『玄界灘の島々』（『海と列島文化』三）小学館、一九九〇年。

村井章介「鬼界が島考」『東アジアの古代文化』一三〇、大和書房、二〇〇七年。

森浩一「弥生・古墳時代の漁撈・製塩具副葬の意味」大林太良編『海人の伝統』（『日本の古代』八）中央公論社、一九九六年。

森浩一『古代史津々浦々』小学館、一九九七年。

森浩一『日本神話の考古学』朝日新聞社、一九九九年。

森浩一『記紀の考古学』朝日新聞社、二〇〇〇年。

山崎健「古代における鷲羽の利用」『奈良文化財研究所紀要 二〇一五』奈良文化財研究所、二〇一五年。

吉田敦彦・古川のり子『日本の神話伝説』青土社、一九九六年。

吉成直樹『俗信のコスモロジー』白水社、一九九六年。

吉成直樹・福寛美『琉球王国と倭寇』森話社、二〇〇六年。

吉成直樹・福寛美『琉球王国誕生』森話社、二〇〇七年。

渡瀬昌忠『万葉記紀新考』おうふう、二〇一二年。

渡山恵子「竹と「臍の緒」「民間薬」「担架」」『鹿児島民具』一八、鹿児島民具学会、二〇〇六年。

レファレンス協同データベース「琉球の船に描かれた目玉模様の意味と由来について知りたい」（https://crd.ndl.go.jp/reference/detail?page=ref_view&id=1000169986）。

あとがき

『万葉集』が学問的沃野であることを教えて下さった、故渡瀬昌忠先生に深く感謝いたします。また、自由に神話を分析する喜びを教えて下さった、吉田敦彦先生に深く感謝いたします。一々お名前をあげませんが、諸先生方の御学恩に深く感謝いたします。

出版を快諾し、丁寧な校正と造本をして下さった、七月社社長の西村篤さんに深く感謝いたします。

令和三年三月

福　寛美

［著者略歴］

福　寛美（ふく・ひろみ）

1962年生まれ。学習院大学文学部国文学科卒業。同大学院人文科学研究科博士後期課程単位取得退学。文学博士。現在、法政大学兼任講師。法政大学沖縄文化研究所兼任所員。琉球文学、神話学、民俗学専攻。

主要著作

『うたの神話学』（森話社、2010年）、『夜の海、永劫の海』（新典社、2011年）、『『おもろさうし』と群雄の世紀』（森話社、2013年）、『ユタ神誕生』（南方新社、2013年）、『歌とシャーマン』（南方新社、2015年）、『ぐすく造営のおもろ』（新典社、2015年）、『奄美群島おもろの世界』（南方新社、2018年）、『新うたの神話学』（新典社、2019年）

火山《かざん》と竹《たけ》の女神《めがみ》——記紀《きき》・万葉《まんよう》・おもろ

2021年4月23日　初版第1刷発行

著　者…………………福 寛美
発行者…………………西村 篤
発行所…………………株式会社七月社
〒182-0015 東京都調布市八雲台2-24-6
電話・FAX 042-455-1385
印　刷…………………株式会社厚徳社
製　本…………………榎本製本株式会社

Printed in Japan ISBN 978-4-909544-18-6 C0095